Compromiso
ficticio

Judy Christenberry

HARLEQUIN®
Tiempo para ti™

NOVELAS CON CORAZÓN

Editado por HARLEQUIN IBÉRICA, S.A.
Hermosilla, 21
28001 Madrid

I.S.B.N.: 84-396-7925-4
Depósito legal: B-19679-2000
Editor responsable: M. T. Villar
Diseño cubierta: María J. Velasco Juez
Fotomecánica: PREIMPRESIÓN 2000
C/. Matilde Hernández, 34. 28019 Madrid
Impresión y encuadernación: LITOGRAFÍA ROSÉS, S.A.
C/. Energía, 11. 08850 Gavá (Barcelona)
Fecha impresión Argentina:7.11.00
Distribuidor exclusivo para España: M.I.D.E.S.A.
Distribuidor para México: INTERMEX, S.A.
Distribuidores para Argentina: interior, BERTRAN, S.A.C. Vélez
Sársfield, 1950. Cap. Fed./ Buenos Aires y Gran Buenos Aires,
VACCARO SÁNCHEZ y Cía, S.A.
Distribuidor para Chile: DISTRIBUIDORA ALFA, S.A.

Capítulo 1

MÁS café?

Sin levantar la cabeza, Zach Lowery esbozó una sonrisa y acercó su taza.

Miró la mano que sostenía la jarra de cristal. No era la mano, enrojecida y ligeramente temblorosa, de la camarera que le había estado sirviendo el desayuno.

La que tenía delante en esos momentos era suave, de piel blanca y con las uñas pintadas de color rosa. Alzó la vista para poder observar el rostro de la mujer, comprobando que era muy guapa, más incluso que su ex mujer. Su cabello era rubio y rizado y tenía los ojos azules, de pestañas oscuras y largas. Al notar la mirada del hombre, un creciente rubor fue tiñendo sus delicadas mejillas.

–¿Desea algo más? –preguntó con una voz grave que pareció meterse en las venas de él.

Sí, claro que deseaba algo más. Paz para su abuelo y redención para él mismo. Lo único que tenía que hacer era descubrir quién era ella y convencerla para que se uniera a su plan.

–¿Quién es usted? –demandó con una voz que parecía no haber usado en mucho tiempo.

Ella pareció sorprendida. Luego, como recuperándose, esbozó una sonrisa leve.

–Susan –contestó.

Él volvió a mirarla de arriba abajo. La mujer tenía un cuerpo impresionante envuelto en un traje de punto azul claro. Era el tipo de cuerpo con el que todo hombre soñaba.

Su abuelo lo creería si conseguía llevar a Susan a verlo.

−¿Susan, quieres ser mi prometida?

Susan Greenwood estaba harta de los problemas económicos que le estaban causando las deudas que su madre había dejado al morir. Harta de ser solo ella quien ayudase a salir adelante a sus hermanos pequeños, Paul y Megan. Harta de tener que mostrarse siempre valiente ante sus hermanastras mayores, Kate y Maggie.

Como estas habían descubierto la existencia de ella poco más de un año antes, las dos se habían ofrecido a ayudarla. Aunque había llegado a querer mucho a Kate y Maggie, era demasiado orgullosa como para descargar sobre ellas la carga que llevaba sobre los hombros. Sus hermanastras solían decirle que era una cabezota.

También estaba harta de que los hombres pensaran de ella que era una mujer frívola solo porque tenía un cuerpo bien formado y el cabello rubio.

Pero no iba a ser grosera con un cliente del restaurante aunque se le acabara de declarar. No podía hacerle algo así a Kate.

−No, gracias −contestó, añadiendo incluso una sonrisa antes de marcharse.

−¡Espera un momento!

−¿Necesita algo más? −contestó, dirigiéndole una mirada fría, retándolo a que volviera a declararse.

−No es lo que parece. Escucha, esto tiene una explicación −replicó el hombre, pasándose la mano por el pelo oscuro.

−No es necesario. Buen provecho −murmuró, dándose la vuelta de nuevo y dirigiéndose al mostrador.

−La próxima vez, sirve tú a ese hombre −le comentó a Brenda, la camarera−. Quiere casarse conmigo.

−¡Si yo tuviera tanta suerte! −exclamó la mujer de

mediana edad–. Aunque Jerry se enfadaría si lo abando-
nara por un vaquero, aunque fuera muy guapo.

Susan sonrió mientras atravesaba la puerta oscilante
que daba a la cocina. Luego, se dirigió a la puerta que
daba a su pequeña oficina. Ayudaba a Brenda cuando
había muchos clientes o cuando quería tomarse un café,
pero su verdadero trabajo era el de relaciones públicas.

Se sentó en la silla con un suspiro. Había empezado
a trabajar allí tan solo una semana antes. En el trabajo
anterior también le habían hecho proposiciones, pero
nunca de matrimonio. Esbozó una sonrisa y agarró el
catálogo en el que estaba trabajando.

Quizá debería pedirle a aquel vaquero que posara para
la cubierta. Si aceptara, conseguirían muchas clientes fe-
meninas para su empresa de *catering*. Con un suspiro, trató
de olvidarse de sus anchos hombros y de esos ojos de color
avellana. No quería tener problemas con ningún hombre.

–¿Susan? –la llamó Brenda, apareciendo en la entrada–. Ese vaquero insiste en que quiere hablar contigo y
tengo el restaurante lleno. ¿Quieres que llame a la policía?

Susan no podía permitir que se produjera una es-
cena. Sería perjudicial para el local verse envuelto en
un incidente con la policía.

–Veré a ver si puedo convencerlo para que se vaya.

Cuando llegó al mostrador donde el vaquero la estaba esperando, se fijó en sus rasgos duros y en su mandíbula cuadrada. No iba a ser fácil convencerlo, pensó.

–¿Sí?

–Susan, quiero hablar contigo.

–Servimos comida, pero la conversación no está incluida en el menú –respondió, tratando de conservar
una sonrisa amable. Aunque la mirada de él, la ponía ligeramente nerviosa.

–No estoy buscando conversación, tengo una proposición que hacerte.

–Sí, ya la oí antes y mi respuesta es no.

La mujer se giró para volver a su pequeña oficina, pero él la agarró del brazo.

Su mano dura, llena de callos, la agarró con firmeza, pero con suavidad a la vez.

–Lo único que te estoy pidiendo es que escuches lo que tengo que decir. Dame diez minutos en aquella mesa –dijo, señalando la mesa que el hombre había ocupado poco antes–. Si la respuesta es no, me iré y no volveré a molestarte.

Susan recapacitó sobre la alternativa que tenía. Podía negarse y llamar a la policía, pero prefería no hacerlo. Podía escucharlo, decir luego que no y confiar en que él mantuviera su palabra. Si no era así, definitivamente tendrían problemas.

–De acuerdo. ¿Quieres otro café mientras hablamos?

–¿No vas a escaparte?

–No –respondió, contenta de estar acostumbrada a disimular sus sentimientos. No quería que el vaquero supiera que estaba temblando por dentro.

El hombre la soltó despacio y asintió. Ella agarró la jarra y dos tazas limpias. Después, caminó a lo largo del mostrador, se deslizó por el hueco que había en un extremo y se dirigió hacia la mesa señalada.

Él iba detrás de ella. Cuando se sentó, sus rodillas se chocaron y Susan dio un respingo.

–Lo siento, tengo las piernas largas –se disculpó él.

Ella ya se había dado cuenta. Aquel hombre medía casi uno noventa de alto. Llenó las tazas de café sin decir nada, aunque miró el reloj de pulsera que llevaba para comprobar la hora.

–Tengo diez minutos –le recordó él.

Ella asintió.

Zach no sabía cómo empezar.

–Mi abuelo se está muriendo –declaró finalmente.

Se dio cuenta de que eso la dejó muy sorprendida, pero no sabía cómo explicarle de otro modo a qué se debía su repentina proposición.

–Los últimos años los ha vivido con la esperanza de que yo me casara y tuviera hijos –el hombre hizo una pausa y miró hacia la ventana, avergonzado por lo que tenía que confesar–. Y yo le mentí. Le dije que había una mujer... que tenía una prometida. Y él se llevó una gran alegría.

El hombre dio un sorbo a su café, pero evitó mirar a la preciosa mujer que estaba sentada enfrente suyo.

–Y hoy mi abuelo ha sufrido un ataque al corazón –se detuvo otra vez, embargado por la emoción.

–Lo siento –dijo ella.

La mirada de él se endureció. Ya había sido engañado en el pasado por un rostro bonito y una voz dulce de mujer. Las mujeres utilizaban ese tipo de armas para atrapar a los hombres.

–Y me ha dicho que quiere conocer a mi prometida –añadió Zach.

Observó con curiosidad el modo en que la mujer escuchaba sus palabras.

–Entiendo. Y quieres que yo...

–Quiero que finjas ser mi prometida.

–Agradezco que te hayas fijado en mí, pero...

–¡Te pagaré! –insistió.

Estaba desesperado. Ella era una mujer muy guapa, como la que su abuelo imaginaba que él elegiría. Además, no tenía mucho tiempo.

–No, yo...

–Te pagaré diez mil dólares.

El vaquero se recostó y la miró con una expresión cínica.

–No está nada mal por una noche de trabajo, ¿no crees? –añadió él.

–Una noche y un trabajo especiales.

–No tengo por qué pagar una noche de ese tipo. Te estoy hablando de una visita a una habitación de la unidad de cuidados intensivos de un hospital. No será mucho tiempo. Mi abuelo no tiene mucha energía en estos momentos.

–¿Estás hablando en serio?

De repente, el cansancio golpeó a Zach. ¿Qué había estado esperando? ¿Que esa mujer, a pesar de su increíble belleza, tuviera en cuenta las necesidades de alguien por delante de las suyas?

–¿Y puedes permitirte pagar...?

–¿Has oído hablar del rancho Lowery? –preguntó a su vez, sacando un talonario de cheques.

Ella asintió, frunciendo el ceño.

–Bien. Pues yo soy el heredero, así que puedo pagarte ese dinero –el hombre escribió su nombre en uno de los cheques y lo arrancó–. Aquí tienes cinco mil. Te da tiempo a llevarlo al banco antes de que cierren. Te daré los otros cinco mil cuando acabemos.

Ella se quedó mirando el cheque como si no pudiera creer lo que estaba ocurriendo. Entonces, lo agarró y lo miró despacio.

–¿Cuál es tu apellido y dirección?

Ella contestó como si estuviera en una nube. Él lo escribió en un papel. Desde luego, no vivía en la mejor zona de la ciudad, pensó.

–Te recogeré a las seis y media. Estate preparada.

Inmediatamente después, el hombre salió del restaurante.

Susan continuó mirando el cheque durante un buen rato después de que el hombre se hubiera marchado. ¡Cinco mil dólares! No se lo podía creer.

Tenía que empezar a pagar en dos semanas el alojamiento y comida a su hermana pequeña, que iba a cursar sus estudios en la universidad. Solo tenía que conseguir para Megan el dinero para gastos, ya que había obtenido una beca que cubría la matrícula del primer curso de la carrera. Y de repente, allí estaba el dinero.

Susan sabía que podía romper el cheque. De hecho, se había planteado ayudar sin más al hombre, pero también tenía a su hermano pequeño Paul. Además, antes de que le diera tiempo a decidir, el vaquero le había tirado el cheque a la cara.

Si de verdad era el heredero del rancho Lowery, debía de ser un hombre muy rico. Y ella iba a hacerle un servicio, al fingir ser su prometida. Aunque por muchas justificaciones que buscara, no iba a quedarse con la conciencia tranquila.

La mujer dobló el cheque. Su conciencia tendría que acostumbrarse. No iba a desaprovechar la oportunidad de pagar los gastos de manutención de Megan en la universidad, terminar de pagar las deudas de su madre y comprar a Paul algo de ropa para cuando comenzara la escuela. No podía dejar que se le escapara aquella oportunidad.

Llevaba cuatro años siendo la hermana y madre de sus dos hermanastros pequeños. Su madre había muerto cuando ella tenía veintiún años y acababa de terminar la escuela, así que, de repente, tuvo que empezar a ocuparse de Megan y de Paul, además de sí misma. Y también se vio en la obligación de pagar las deudas de su madre. Todos sus planes de futuro, todos sus sueños, habían desaparecido al tener que enfrentarse a la realidad.

Se había llevado una gran sorpresa cuando dieciocho meses antes había descubierto que tenía también dos hermanastras y que su padre acababa de morir. Le aseguraron que este había hablado de ella solo poco antes de fallecer. Su madre, siempre que ella, siendo niña, le había preguntado sobre él, le había dicho que se había marchado. Que nunca la había querido.

Tampoco la habían querido los demás hombres que habían estado con su madre. Cada vez que uno desaparecía, su madre se quedaba sola con su hija y sin ninguna ayuda. Susan había crecido avergonzada del comportamiento de su madre. Cuando los padres de Paul y Megan también desaparecieron, Susan se sintió responsable de su cuidado.

Kate y Maggie, sus nuevas hermanastras, eran maravillosas y el saber que ya no estaba sola supuso un gran cambio en su vida. Incluso había salido ganando económicamente. El restaurante donde trabajaba en la actualidad había sido de su padre. Ella ahora era copropietaria, junto con Kate y Maggie, aunque había protestado al ser incluida.

Y cuando, la semana anterior, había dejado su trabajo como relaciones públicas de una empresa de la localidad porque su jefe no la dejaba en paz, Kate inmediatamente la había contratado como relaciones públicas del restaurante, el Lucky Charm Diner, y de la empresa de *catering*. El problema era que el salario era menor que el que tenía en su trabajo anterior y los beneficios no habían comenzado todavía a ser generosos.

Así que no podía rechazar el dinero que el vaquero le había ofrecido.

Aunque el ofrecimiento era un poco extraño, por lo menos no tendría que pedir dinero prestado a su familia recién encontrada.

Finalmente, se levantó de la mesa.

—Brenda, esta noche me marcharé un poco antes.

La camarera asintió.

Llevaba toda la semana trabajando las horas estipuladas para que nadie pensara que se aprovechaba de Kate. Aquello sería una excepción. Eran en ese momento las cuatro y media y podía ir al banco a ingresar el dinero, tal como el vaquero le había sugerido.

¿Y si no era quien decía ser? Susan dio un suspiro

mientras agarraba su bolso, colgado del respaldo de la silla del escritorio. Bueno, en seguida saldría de dudas y, si no había suerte, su situación no sería peor que antes de conocer a ese hombre.

Después de depositar el cheque, corrió a casa. Paul solía pasar el día con su vecina, Rosa Cavalho. La mujer también tenía un niño de ocho años, Manuel, del que Paul era muy amigo. Lo que Susan pagaba a Rosa no hacía sino apretar un poco más el presupuesto de gastos, pero no importaba, ya que así se aseguraba de que Paul estaba bien.

En dos semanas, el chico empezaría a ir a la escuela y esos gastos desaparecerían. Aunque el apetito de Paul parecía aumentar cada año, con lo que el dinero destinado a comida tenía que ser cada vez mayor.

–¿Rosa?

La puerta se abrió y aparecieron dos niños que la miraron sorprendidos.

–¡Has venido muy pronto! –exclamó Paul. Después, esbozó una sonrisa amplia y la abrazó por la cintura–. ¡Hola!

–Hola, cariño. ¿Cómo estáis?

–¿Quién es? –gritó la voz de Rosa. La mujer cosía en casa para ayudar a su marido, que trabajaba en la construcción.

–Soy yo –gritó Susan mientras se dirigía a la habitación donde solía coser Rosa–. ¿Podrías cuidar de Paul esta noche? Tengo que salir un par de horas.

–Oh, Susan, lo siento, pero he quedado en ir a casa de mi suegra esta noche. Y ya sabes que no puedo decir que no –comentó Rosa con ironía. La mujer sabía que la familia de su marido no la apreciaba demasiado, ya que provenía de una familia humilde y, por lo tanto, no había mejorado la situación económica de él.

–Está bien. Entonces, tendré que llevarme a Paul conmigo.

–¿Tienes una cita? –preguntó Rosa esperanzada. La mujer se preocupaba por Susan, ya que esta no salía demasiado.

–No, es un asunto de trabajo, pero Paul no me molestará. Lo dejaré sentado en el sala de espera. Y por cierto, ¿qué se celebra en casa de tu suegra?

Rosa hizo una mueca.

–La visita de la hermana de Pedro, que ha venido con su adinerado marido.

–Parece que a las dos nos espera una noche apasionante –dijo Susan, soltando una carcajada–. Bueno, pues me llevo a Paul.

A pesar de las protestas de Paul, Susan insistió en que tenía que acompañarla. Y cuando el muchacho se enteró de que, además, tenía que bañarse y cambiarse de ropa, las protestas se hicieron aún más intensas.

–Puedo quedarme yo solo, Susan. Ya tengo ocho años. No es necesario que te acompañe.

Ella sonrió al ver el gesto responsable de él.

–Cariño, ya sé que tienes ocho años, pero no puedo dejarte solo de noche. Además, será interesante para ti. Nunca has estado en un hospital, excepto cuando naciste.

El muchacho se encaminó a su cuarto con el ceño fruncido.

–No quiero ir.

–A veces hay que hacer cosas que uno no quiere. Cada uno debe cumplir con sus obligaciones. Es una lección que yo aprendí hace ya mucho tiempo.

–Está bien –asintió el muchacho con un gesto de resignación.

–Ve a ducharte, Paul. Mientras tanto, pensaré que vamos a cenar. Después, me ducharé yo también.

Susan pensó en que algún día le gustaría vivir en una casa donde cada uno tuviera su propio baño. Cuando

Megan vivía con ellos, las dos hermanas tenían que compartir también la habitación. Su sueño era vivir en un lugar donde todo el mundo tuviera su propio espacio.

Megan había ido a la Universidad de Nebraska antes de tiempo para informarse de los cursos y para buscar trabajo. Megan, al igual que Susan, había obtenido una beca, pero quería ayudar a Susan a pagar su manutención.

Eso hizo recordar de nuevo a Susan el asunto de esa noche. Mientras abría una lata de atún para añadir al guiso que estaba preparando, pensó en que lo que iba a hacer estaba justificado porque necesitaban el dinero.

Y esa era una buena razón.

Así que su decisión de aceptar el trato no tenía nada que ver con lo guapo que era el vaquero, aunque no pudiera negar que se había fijado en ello. Tenía que reconocer que era un hombre muy sexy.

Y durante una hora, ella sería su prometida.

Zach fue a su tienda favorita del Plaza y compró todo lo que necesitaba para vestirse aquella noche. Luego, se registró en un hotel cerca de allí.

Era difícil pensar en ese tipo de detalles después de lo que el doctor le había dicho acerca de su abuelo. La persona a la que más quería en el mundo podía morir en cualquier momento. Su abuelo había sufrido un ataque al corazón aquella misma mañana. Después de trasladarlo en helicóptero hasta Kansas, habían conseguido estabilizar sus constantes, pero su vida corría un grave peligro.

¡Santo Dios, cómo quería y necesitaba a ese hombre!

¿Y cómo no iba a ser así? Su abuelo lo había sido todo para él. Después de que su padre y su madre murieran en un accidente de tráfico cuando él tenía solo ocho años, había sido su abuelo quien lo había criado.

Él le había mostrado siempre un gran cariño, aunque también le había dado algún buen azote cuando había hecho falta. Y lo había enseñado a trabajar en el rancho.

Lo había enseñado a ser un hombre.

Y Zach le había fallado.

Lo único que su abuelo le había pedido era que se casara. El anciano deseaba un descendiente que se encargara del rancho en el futuro. Un rancho que ya había pasado por cuatro generaciones. Eso sí, Zach lo había intentado. Cinco años atrás, se había casado con una bella mujer, pensando que había encontrado el amor de su vida.

Pero el matrimonio no había funcionado y él había traicionado los deseos de su abuelo.

Así era como había llegado hasta Susan Greenwood.

Una hora más tarde, estaba sentado en el comedor del hotel, donde pidió un filete con patatas fritas y menestra para cenar. Poco antes, había llamado para interesarse por su abuelo y el doctor le había dicho que el anciano estaba impaciente por verlo llegar con su prometida.

El mayor deseo de su abuelo era que Zach le diera algún nieto. Así que era una pena que el tener hijos no fuera parte de su trato con Susan, pensó con ironía. Lo cierto era que aquella mujer resultaba un bocado de lo más apetecible. Pero él no quería volver a tener una relación profunda con ese tipo de mujeres para quienes lo más importante era el dinero. Zach no negaba que podría disfrutar pasando una noche con ellas, al fin y al cabo, era un hombre. Pero de lo que sí que estaba seguro era de que no volvería a dejar que entraran en su vida.

En cualquier caso, lo más importante para él era la felicidad de su abuelo.

Y ese era el motivo por el que se había vestido de manera tan elegante aquella noche. Incluso se había puesto una corbata, a pesar de lo mucho que las odiaba. Pero era importante que fuera al hospital bien arreglado. Su abuelo se habría ofendido si se hubiera presentado con su prometida en el hospital vestido con sus vaqueros habituales.

Después de pagar la cuenta, se puso el sombrero Stetson y se dirigió hacia el coche alquilado aquella mañana. Como había llegado con su abuelo en el helicóptero, no había llevado su furgoneta y había tenido que recurrir a un enorme Sedan de cuatro puertas.

En el hotel, lo habían informado de cómo llegar a la dirección que le había dado Susan. Poco después, llegaba a un barrio bastante menos lujoso de donde estaba situado su hotel.

Aparcó enfrente de un edificio de apartamentos con la fachada hecha un desastre. Frunció el ceño al ver los desconchones de la pintura y la capa de grasa que cubría el resto. ¿Se habría equivocado? Susan le había parecido una muchacha de clase alta, pero quizá no fuera así. Pensándolo bien, no recordaba que llevara más joyas que unos sencillos pendientes.

Salió del coche y cerró la puerta con llave. Luego, comprobando que no se había equivocado de dirección una vez más, se encaminó hacia las escaleras que llevaban al portal del edificio. Una vez en la segunda planta, llamó a la puerta del apartamento.

La puerta se abrió y lo recibió un muchacho que se quedó mirándolo fijamente.

—Hola, ¿vive aquí Susan Greenwood?

—Sí —contestó el chico—. ¿Susan? Ya ha llegado.

Luego, el muchacho se giró otra vez para mirar a Zach.

—Yo ya estoy listo.

—Ah, muy bien —contestó Zach—. Por cierto, ¿dónde vas?

—Con vosotros. Aunque la verdad es que no quiero ir.

Capítulo 2

PAUL, no seas maleducado. Discúlpate ahora mismo con el señor Lowery –reprendió Susan al niño, irrumpiendo en el salón.

Luego, se quedó mirando a Zach Lowery.

El desaliñado vaquero que había conocido poco antes se había convertido en un hombre recién afeitado y elegantemente vestido. Y lo cierto era que estaba guapísimo con su nuevo aspecto.

También se dio cuenta de que conocía a ese hombre. Había visto su foto varias veces en las páginas de sociedad de los periódicos, aunque, entonces, iba vestido con un frac e iba con una mujer muy guapa colgada de su brazo.

Todo lo que quedaba del vaquero que había conocido era su sombrero.

–Siento que tenga que venir Paul, pero es que no he podido encontrar a nadie que se quede con él. Te prometo que se portará bien –añadió, levantando la barbilla hacia él al tiempo que le pasaba a su hermano el brazo por detrás de sus delgados hombros.

Zach miró al niño con gesto amable.

–Estoy seguro de que será así. ¿Estáis preparados entonces?

–Sí –asintió ella, suspirando con alivio.

Entonces, Susan agarró su bolso y cerró la puerta con llave una vez salieron Zach y Paul.

–¿Desde cuándo vives aquí? –preguntó Zach mientras bajaban las escaleras.

Ella frunció el ceño. ¿Por qué querría saberlo? No esperaba que ese hombre fuera a mostrarse de un modo amigable. De hecho, ella había decidido que lo mejor sería limitar su relación al aspecto profesional. Así no se sentiría luego tan mal por aceptar su dinero.

–Desde hace unos cuatro años –contestó finalmente al no encontrar ninguna excusa para no hacerlo.

Lo que no iba a decirle era que, después de la muerte de su madre, solo les había quedado dinero para alquilar un sitio como ese.

–No me parece que sea un barrio muy seguro.

–Creía que no vivías en Kansas –replicó ella, que no estaba dispuesta a que un forastero criticara el sitio donde ella vivía.

–Vivimos solo a unas cincuenta millas de Kansas, así que vengo de vez en cuando.

–Ya lo sé. Te he visto alguna vez en el periódico.

Él ignoró el comentario y se encaminó hacia un coche de color azul metalizado.

–¡Oh –exclamó Paul–, menudo coche!

Susan ocultó rápidamente una sonrisa. Era normal el entusiasmo de Paul, acostumbrado como estaba a montar en el montón de chatarra que era su coche. Aunque probablemente Zach Lowery no entendería a qué se debía su entusiasmo.

–Es de alquiler, pero gracias de todos modos –le dijo al muchacho, sonriéndole.

Quizá, después de todo, fuera una buena persona.

Cuando el hombre en cuestión fue a abrir la puerta del copiloto, la dejó aturdida por el detalle. No estaba acostumbrada a que los hombres fueran tan atentos con ella.

–Oh, antes de sentarme, comprobaré que Paul se pone debidamente el cinturón de seguridad –dijo ella.

–Yo sé ponerme el cinturón sin ayuda de nadie –protestó Paul, a quien era evidente que no le gustaba que su hermana estuviera todo el día encima de él.

–Por supuesto que sí, pero te enseñaré cómo funcionan estos. Es que tienen truco –dijo el hombre con una sonrisa, esperando a que Susan se sentara en su asiento. Luego, cerró la puerta y abrió la de Paul. Susan se giró para ver cómo Zach enseñaba a su hermano a ponerse el cinturón.

Una vez se pusieron en marcha, ella se aclaró la garganta. Después de pensar en lo que los esperaba, se había dado cuenta de que lo mejor sería que se pusieran de acuerdo sobre lo que iban a contar.

–Creo que tenemos que aclarar ciertos detalles –murmuró.

–¿Es que quieres más dinero? –preguntó él en voz baja para que Paul no pudiera oírlo.

–¡No! Creo que deberíamos de ponernos de acuerdo en lo que vamos a contarle a tu abuelo. Yo no sé nada de ti y tú tampoco sabes nada de mí.

–Tengo treinta y tres años. He estado casado con una mujer, pero me divorcié después de convivir con ella durante tres años horribles. No tengo hijos. Vivo en un rancho. Estudié en la Universidad de Kansas. Me gusta ver deporte por la televisión, escuchar música *country* y las mujeres guapas –comentó él para asombro de Susan.

Como ella no contestó nada, él se impacientó.

–Bueno, ¿y tú no me vas a contar nada de ti?

–Por supuesto, perdona. Tengo... tengo veinticinco años. Trabajo para la cadena de *catering* Lucky Charm Diner. Soy relaciones públicas y, además, estoy llevando la campaña de publicidad de la empresa. Estudié en la Universidad de Missouri, aquí en Kansas.

Zach metió el coche en el aparcamiento del hospital.

–Y tienes a Paul.

Susan se dio cuenta de que él pensaba que Paul era su hijo, pero no le importó, ya que si quería aclararlo, tendría que contarle la sórdida historia de su madre, que era demasiado personal para hablarlo con él.

–Seguro que el abuelo no tendrá fuerzas para hacerte

muchas preguntas –comentó él–. Así que déjame hablar a mí. Si no conozco los detalles, me los inventaré. Al fin y al cabo, tampoco importa demasiado lo que le cuente.

La emoción que delataba su voz hizo que Susan se estremeciera. El hecho de que aquel hombre se preocupara tanto por su abuelo lo hacía todavía mucho más atractivo.

Susan asintió a la petición de él.

–¿Es que está enfermo tu abuelo? –preguntó Paul desde el asiento de atrás.

Ella trató de hacer callar a su hermano, pero Zach le contestó antes de que ella lo hiciera.

–Así es, chico.

–¿Y van a curarlo los doctores?

En esa ocasión fue Susan quien le contestó.

–Paul, deja ya de hacer preguntas. Y en el hospital, tienes que portarte muy bien. Allí hay gente que está muy enferma y trata de dormir.

A Zach le cayó bien el chico.

Susan no le había engañado porque, efectivamente, Paul se portó muy bien.

Zach los guió hasta la unidad de cuidados intensivos. Susan lo siguió con su hermano de la mano.

–¿Hay algún sitio donde Paul pueda esperarnos? –susurró ella.

–Puede entrar con nosotros, no nos dirán nada. Mi abuelo es un hombre muy influyente.

Luego, se acercó a una de las enfermeras.

–El doctor me dijo que podíamos ver a mi abuelo –dijo con tono calmado, seguro de que el doctor habría hablado con la enfermera. No tenía ninguna gana de discutir, pero si era necesario, lo haría.

–Sí, señor Lowery, el doctor ya nos avisó de su visita. Sígame, por favor.

La enfermera los llevó a una habitación donde solo había una cama enorme. Su abuelo, un hombre que siempre había sido fuerte y activo, una persona llena de vida, parecía pequeño y frágil, allí tumbado y lleno de tubos.

–¿Abuelo? –Zach se acercó hasta la cabecera de la cama y tocó el hombro de su abuelo.

El anciano recuperó la consciencia lentamente.

–¿Eh? ¿Eres tú, chico? –preguntó medio inconsciente todavía.

Zach hizo un esfuerzo para contener las lágrimas.

–Sí, abuelo, soy yo. Como te prometí, he traído a Susan para que la conozcas –le hizo una señal a Susan para que se acercara.

El repentino brillo de los ojos del anciano le dejó claro a Zach que había hecho lo que debía.

–Hola, señor Lowery –dijo Susan con voz dulce, tomándole al hombre su arrugada mano–. Encantada de conocerlo.

–Yo también estoy encantado de conocerte –el anciano trató de sentarse y Susan se apresuró a colocarle la almohada para que apoyara la cabeza.

–¿Le parece bien que levantemos un poco la cama?

–Sí, eso estaría bien –contestó él.

Zach observó cómo Susan ayudaba a su abuelo a ponerse cómodo. Verdaderamente, la mujer se estaba ganando su dinero.

–¿Quién es ese? –preguntó Pete Lowery, mirando fijamente a Paul, que estaba detrás de Susan.

Zach se había olvidado del chico.

Susan contestó sin pensar lo que iba a decir.

–Paul es mi hijo. Creo que esa es la razón por la que Zach no le había hablado de mí hasta ahora. No sabe cómo se tomará usted el hecho de que yo ya tenga un hijo.

Zach se quedó mirándola fijamente, sin terminar de creerse lo que acababa de oír.

–Debería darte vergüenza, Zach. Sabes que me encantan los niños. Ven aquí, hijo. ¿Cómo te llamas?

Susan dejó acercarse al niño a la cabecera de la cama y lo sostuvo por los hombros delante del anciano.

–Me llamo Paul –susurró el pequeño.

–¿Cuántos años tienes? ¿Siete, ocho?

–Ocho.

–Tu madre debía de ser una niña cuando te trajo al mundo –bromeó Pete.

Paul no supo qué contestar y se dio la vuelta hacia Susan.

–Sí, así es –contestó Zach, decidiendo que lo mejor sería que fuese él quien tomara el mando de la conversación–. ¿Ha estado el doctor esta tarde? ¿Qué te ha dicho?

Pete hizo un gesto negativo.

–No quiero hablar de eso ahora. Susan, ¿se porta bien contigo mi nieto?

–Sí, muy bien.

Era lo menos que ella podía decir. Para eso le había ofrecido tanto dinero. Aunque Zach tenía que reconocer que lo estaba haciendo muy bien. Su abuelo estaba encantado.

–Bueno, ¿y cuándo... ? –el anciano se detuvo con un gesto de dolor.

–No deberías hablar tanto –lo regañó, acercándose a él y apoyando su mano sobre el hombro del anciano.

Susan se acercó a la cama y remetió la colcha, que se había salido ligeramente.

–Tonterías, estoy bien –insistió Pete–. ¿Cuándo os vais a casar? ¿Y tú, muchacho? –preguntó, volviéndose hacia Paul–. ¿No quieres tener un nuevo papá?

Zach estuvo a punto de atragantarse.

–¡Oh, abuelo!

–¿Y por qué no? Tú ya no eres ningún jovencito y tampoco yo –el anciano soltó un suspiro.

–Eso no importa ahora. Lo único en lo que tienes que pensar es en ponerte bien lo antes posible.

–¿Quieres que me ponga bien? Pues cásate con esta joven cuanto antes. Ahora que todavía no es demasiado tarde para que te vea felizmente casado –su respiración se fue haciendo cada vez más pesada y sus ojos se cerraron lentamente.

–Creo que tu abuelo necesita descansar –comentó Susan, tapándolo con la colcha. Después, acarició la mejilla del anciano–. Necesita descansar, señor Lowery. Paul y yo iremos un rato a la sala de espera y así podrá estar usted a solas con Zach.

Pete volvió a abrir los ojos.

–Eres una chica encantadora, Susan. Cuidarás debidamente a mi chico, ¿verdad?

Ella lo besó en la mejilla.

–Usted preocúpese solo de ponerse bien. Zach ya es mayor y puede cuidar de sí mismo.

Pete se rio entre dientes.

–De verdad que eres encantadora.

Las miradas de Zach y Susan se encontraron cuando ella y Paul pasaron a su lado para salir de la habitación. Él, entonces, la acercó hacia sí y la besó.

Solo lo hizo para convencer a su abuelo de que esa mujer era su prometida. Bueno, y también para agradecerle su gran actuación. Ese beso no tenía nada que ver con el hecho de que no se la hubiera podido quitar de la cabeza en toda la tarde con esos labios tan tentadores que tenía.

No, no tenía nada que ver con eso.

Afortunadamente, ella estaba de espaldas a su abuelo y este no pudo ver la reacción de sorpresa de ella.

–Saldré en breves minutos –le aseguró a Susan mientras le guiñaba un ojo a Paul.

Ambos salieron de la habitación.

–Y ahora, explícame por qué no te has casado con ella todavía –le ordenó su abuelo con voz sorprendente-mente firme.

–¿Por qué te ha besado ese hombre? –le preguntó Paul tan pronto como estuvieron en la sala de espera.

–Porque... porque él... la verdad es que no lo sé –en realidad sí que lo sabía, pero no podía explicarle a Paul que ella y Zach estaban engañando al abuelo.

–Me gusta.

Ella miró sorprendida a su hermano. Las pocas veces que había salido con algún hombre, a su hermano no le había gustado demasiado.

–¿Te refieres a Zach?

–Sí. Y su abuelo también me gusta. ¿Por qué no tengo yo también un abuelo?

No era la primera vez que Paul le preguntaba por su familia. Y ella le respondió igual que siempre.

–Tú has tenido dos abuelos, como todo el mundo, solo que los tuyos murieron antes de que tú nacieras.

–¡Oh!

–Mira, hay una televisión. ¿Quieres que la encienda? Creo que están retransmitiendo el partido de rugby del lunes.

–De acuerdo.

El niño no lo dijo muy entusiasmado. A él le gustaba el béisbol, pero si no había otra cosa...

Y así dejaría de hacerle preguntas incómodas.

Media hora más tarde, Zach entró en la habitación.

–¿Cómo está? –quiso saber Susan, sorprendida por el hecho de que le importara tanto el estado de salud del anciano, al que, después de todo, apenas conocía.

–Está mejor. El doctor está con él ahora –contestó Zach con gesto nervioso, caminando de un lado para otro de la habitación, ignorándolos al niño y a ella.

–Tu abuelo es un hombre muy amable –murmuró Paul con suavidad, mirando a Zach, en vez de la televisión.

Susan temió que a Zach lo irritara el comentario de Paul, ya que el niño había interrumpido sus pensamientos. Pero resultó ser al contrario. El hombre se acercó a Paul y le puso una mano sobre el hombro.

–Sí, ¿verdad? –replicó, sentándose a su lado y mirando al televisor–. ¿Cómo van?

El pequeño le dio la información y ambos se pusieron a hablar como dos hombres unidos por una pasión común.

Entonces el doctor entró.

Zach se levantó y se dirigió hacia él. Susan no pudo oír lo que hablaban, pero los estuvo observando todo el tiempo. Finalmente, el doctor salió de la sala.

–Voy a dar las buenas noches al abuelo. Volveré en seguida –murmuró Zach.

–¿Luego nos iremos a casa? –preguntó Paul–. Tengo sueño.

–Sí, tesoro, luego nos iremos a casa –le respondió Susan mientras Zach salía–. Gracias por ser tan bueno.

–No te preocupes, voy a imaginarme que ese hombre es también mi abuelo. ¿Te parece bien, Susan? No se lo diré, pero como no tengo abuelo, haré como si fuera él.

Susan le dio un abrazo cariñoso.

–Mientras que no se lo digas a Zach ni a su abuelo, puedes hacerlo.

–¿Estáis listos? –preguntó Zach, entrando de nuevo en la sala.

Susan observó su rostro preocupado mientras ayudaba a Paul a levantarse del sofá. Algo grave pasaba. Quizá el doctor le había dado malas noticias.

–¿Quieres quedarte y que nosotros tomemos un taxi para volver?

–No. Tienen mi número de teléfono y me llamarán si

hay algún cambio –dijo bruscamente, como si estuviera al límite de perder la paciencia.

Susan no volvió a hacer ninguna sugerencia y, una vez que estuvieron en el coche, camino ya de su apartamento, se le quedó mirando pensativamente.

–¿Vuelves esta noche al rancho?

–No, me quedaré a dormir en la ciudad.

Él no dijo dónde y ella tampoco le preguntó. Si hubiera tenido más espacio en su casa, le habría ofrecido que se quedara con ellos, pero no lo imaginaba durmiendo en el viejo sofá.

Cuando llegaron al edificio, vieron a varios hombres solitarios paseando. Zach frunció el ceño.

–Este barrio no es muy seguro.

Susan, reconociendo al padre de Manuel, esbozó una sonrisa y lo saludó, antes de girarse hacia Zach.

–No corremos ningún peligro. Algunos son vecinos nuestros.

Susan salió del coche y se acercó a la puerta de Paul. Antes de que sacara al niño, Zach estaba a su lado.

–Os acompañaré arriba.

–De verdad que no es necesario –aseguró ella, dispuesta a darle las gracias por la velada.

Pero, de repente, se dio cuenta de que no había salido con un amigo, sino que había estado trabajando.

–Sí que lo es. Además, tengo que pagarte.

El hombre parecía enfadado. Claro, ella no tenía por qué aceptar el resto del dinero. El primer cheque la ayudaría a salir de algunas dificultades. Abrió la boca para decírselo, pero él agarró al niño de la mano y a ella del brazo y los llevó hacia el portal rápidamente.

–Vas demasiado deprisa –se quejó Paul.

Sin decir nada, Zach tomó al niño en los brazos y volvió a agarrar a Susan del brazo.

–¡Qué fuerte eres! –exclamó Paul.

Por primera vez desde que Zach había entrado en su

vida, Susan lo vio sonreír y se dio cuenta de lo guapo que era.

–Pesas menos que un fardo de heno, Paul. Tienes que comer más.

–Susan me dice que como mucho –contestó el niño, soltando una carcajada.

–¿Por qué la llamas Susan?

–Porque se llama así –contestó Paul.

Susan podía haberle explicado que Paul era su hermano, no su hijo, pero las escaleras no le parecieron el lugar más adecuado para una conversación privada. Además, tenía que mantener una distancia prudencial con aquel hombre tan atractivo.

Susan sacó las llaves para abrir la puerta. Zach, afortunadamente, la soltó y ella se giró hacia él.

–Gracias por acompañarnos hasta la puerta. Espero que tu abuelo se mejore.

Tomó al niño de la mano y entraron en la casa, pero, al ir a cerrar la puerta, se dio cuenta de que Zach no estaba dispuesto a marcharse tan pronto.

–Tenemos que hablar.

–¿Sobre qué?

–Sobre el pago, primeramente. ¿No te interesa cobrar el resto del dinero? –murmuró, mirándola con ironía.

Ella se sonrojó e inclinó la cabeza.

–Creo que con el primer cheque es suficiente. No he tenido que hacer mucho esta noche.

–Has hecho lo que te pedí. Mete al niño en la cama y luego hablaremos.

A ella no le gustaba que le dieran órdenes, pero él tenía razón. Era tarde para que Paul siguiera levantado y, de hecho, al niño se le estaban empezando a cerrar los ojos.

–Vamos a la cama, Paul. Puedes quedarte leyendo un rato.

El niño iba a protestar, pero al oír que podía leer, no lo hizo.

—¿Puedo leer Peter Pan entero?

Era su libro favorito y le daría la posibilidad de estar casi una hora más despierto. Susan esbozó una sonrisa y asintió.

—De acuerdo, pero no me eches la culpa si mañana no quieres levantarte temprano.

—¿Tienes algún cuento de Hank, el perro vaquero?

Paul se detuvo en seco y frunció el ceño.

—No, ¿quién es?

—Te traeré un par. Son cuentos sobre un perro vaquero que se llama Hank, que cuida de un rancho.

—¡Vale! ¿Cuándo me...?

—Paul, dale las gracias —intervino Susan.

—Gracias —repitió él, cruzando de nuevo el cuarto para abrazarse a la cintura de Zach—. Tráemelos en seguida, ¿eh?

Zach acarició la cabeza del niño.

—Te prometo que los tendrás muy pronto.

Con una sonrisa amplia en el rostro, Paul corrió a su cuarto. Susan, después de mirar a Zach con una expresión de disculpa, lo siguió. Zach no podía imaginarse la ilusión que los libros nuevos le hacían a Paul, pero ella sí podía y se sintió muy agradecida.

Era un niño muy simpático. Llamaría por la mañana a la librería y ordenaría que le enviaran todos los libros que tuvieran de Hank.

Mientras recordaba lo que había ocurrido aquella noche, Zach comenzó a pasear por la pequeña habitación. Lo que pasara a continuación, dependía sobre todo de Susan. Ya que aunque para él también iba a suponer una buena suma de dinero, no le importaba gastar lo que hiciera falta para asegurar la felicidad de su abuelo.

Cuando lo había dejado aquella noche, el anciano parecía mucho más relajado que en los últimos tiempos. Incluso había sonreído.

Susan entró en la habitación.

–¿Está ya Paul en la cama?

–Sí, gracias por decirle que vas a enviarle un cuento. Lo encantan.

–No es nada.

Hubo un momento de tensión mientras Zach pensaba en cómo explicarle el tema.

–Bien, no quiero entretenerte más –dijo Susan con una falsa alegría en la voz–. Estoy segura de que estás cansado. Ha sido un día muy largo.

–Sí que lo ha sido, pero todavía tenemos que hablar –declaró, sacando del bolsillo un talonario.

Aceptara o no su plan, tenía que pagarle lo que le debía.

–¡Oh, no! No es necesario que me pagues más. Quiero decir, creo que el cheque de esta mañana ha sido suficiente. Yo no necesito mucho.

Él se quedó mirándola con gesto suspicaz. Sabía, por experiencia, que las mujeres no solían rechazar el dinero. Seguro que aquella mujer estaba tramando algo.

–Te lo has ganado.

–No me ha costado nada. Tu abuelo es un hombre muy agradable y me ha gustado conocerlo.

–Lo has hecho muy feliz esta noche –replicó él, rellenando uno de los cheques y cortándolo–. Aquí tienes.

–Zach, de verdad. No me parece bien aceptarlo.

–Cambiarás de opinión cuando escuches lo que te voy a proponer.

Capítulo 3

TE REFIERES a que quieres que vaya a visitar de nuevo a tu abuelo?

—Bueno, esa es solo una parte —contestó sin mirarla a los ojos.

—No me importa ir a verlo de nuevo, pero...

—Tenemos que casarnos.

Dijo aquellas palabras con calma, en un tono normal de voz, como si fuera algo natural.

—¿Qué has dicho?

—He dicho que tenemos que casarnos.

Ella se derrumbó en el viejo sofá, temerosa de que las piernas no la sostuvieran.

—Eso... eso es ridículo.

—Sí.

Fue su contestación, como si aquella extraña proposición no exigiera ningún otro comentario. Despacio, Susan extendió su mano con el cheque.

—Creo que es mejor que te devuelva esto y te vayas.

—¿Y partir el corazón de un anciano? —replicó él con suavidad, mirándola fijamente.

Susan inmediatamente se imaginó a Pete Lowery en la cama del hospital. Una sonrisa iluminaba su rostro arrugado.

—¡No! No, no quiero... tu abuelo... ¿De qué estás hablando?

—Mi abuelo quiere que nos casemos en el hospital para que él pueda estar presente. Me dijo que es la única cosa que me ha pedido en la vida. Me lo suplicó.

A Susan no le hizo falta ver la angustia de sus ojos, ya la notaba en su voz.

—¡Oh, Zach, lo siento!

Él cruzó el comedor para sentarse al lado de ella.

—Sabía que lo entenderías. Estuviste estupenda esta noche. Lo harás muy bien.

De repente, la relación entre ellos se estaba haciendo demasiado íntima, justo lo que ella menos quería.

—¡No! Quiero decir, no he dicho todavía que vaya a hacerlo. No puedes... Sería un error casarnos. ¡No puedo hacer eso!

Solo de pensar en casarse con Zach Lowery, le daban mareos.

—¿Cuánto?

Aquella pregunta cínica, acompañada de una mirada que subrayaba la opinión de él, la devolvió a la realidad.

—No quiero tu dinero. No quiero mentir al señor Lowery de nuevo. Ve y encuentra a otra persona que se preste a este tipo de juegos.

Él se levantó y se puso a recorrer la habitación de un lado para otro.

—Eres una experta en negociaciones, Susan. Rechazas el trabajo cuando sabes que eres la única que puedes hacerlo. Él ya te conoce y está convencido de que eres mi prometida. ¿Tú crees que puedo buscar a otra mujer y convencerlo de que es mi nueva prometida en menos de veinticuatro horas?

Ella hizo un gesto con la cabeza, tratando de pensar un modo de salir de la situación en la que se había metido.

—De acuerdo, me doy cuenta de que no se lo puedes pedir a nadie más. Pero, ¿no puedes decirle a él que es imposible? Quizá podrías...

—Claro que puedo. Iré y le diré que se olvide, que no me importa si muere feliz o no.

Ella se quedó en silencio. Tampoco tenía que ser tan dramático.

–De acuerdo. ¿No podríamos contratar a un actor para que hiciera de sacerdote? Podríamos simular que nos casamos.

–Mi abuelo quiere que el sacerdote de la familia oficie la ceremonia.

–¿Y tú estás de acuerdo?

–No tengo otra salida. Así que estamos de nuevo en la pregunta que te hice al principio. ¿Cuánto? Porque puedo asegurarte que no vas a conseguir otra cosa de este matrimonio. Seré generoso, pero no tanto como para que te quedes con la mitad del rancho o de mi riqueza. Así que, cuando ya no haga falta fingir más, nos separaremos.

Susan cerró los ojos. Aquel hombre hablaba en serio.

–¿Ha dicho el doctor cuánto tiempo le queda? –preguntó, sintiéndose como un monstruo, pero a la vez, necesitando conocer la respuesta.

–No –respondió él enfadado–. Dijo que no podía asegurar nada.

–Entonces, nos casaremos, pero eso no cambiará nada en nuestra relación, ¿no es así? Será solo un matrimonio teórico, ¿verdad?

Él se acercó a ella.

–Será el matrimonio que tú quieras, cariño. No rechazaría... compartir cierta intimidad, pero sea como sea, se terminará cuando mi abuelo... cuando ya no sea necesario que continúe la farsa.

Susan notó que se sonrojaba. El significado de compartir cierta intimidad con ese hombre podría tener un efecto devastador sobre ella. De alguna manera, lo intuía. Quizá porque cada vez que la tocaba, ella se estremecía.

–No compartiremos ninguna intimidad. Fingiremos solo cuando esté tu abuelo, pero nada más –dijo ella, levantando la barbilla y mirándolo fijamente a los o-jos.

No quería ningún malentendido.

–Todavía no has contestado a mi pregunta. ¿Cuánto?

Ella alzó el cheque que todavía tenía en las manos.

–Esto será suficiente.

–Vamos, cariño. Podrías pedir lo suficiente como para salir de este agujero.

–Por favor, no te refieras a mi casa de esa manera –protestó, poniéndose rígida.

Él la miró con incredulidad, pero a ella no le importó. No iba a decir nada más.

–De acuerdo, está bien –continuó Zach–. Mañana por la noche, te recogeré a las seis y media. Mi abuelo habrá puesto ya todo en marcha. Ponte un vestido de novia –luego, salió apresuradamente del apartamento, cerrando la puerta tras él.

Al día siguiente, Susan se miró al espejo. «Un vestido de novia». Solo confiaba en que el vestido que había elegido fuera del agrado de Zach.

Al principio, había intentado buscar algo entre su ropa. Lo más apropiado era un traje de lana azul, pero como estaban a finales de agosto, no le quedaría bien.

Finalmente, había salido de compras a la hora de comer y había encontrado un traje de color marfil, con un estilo años veinte, que Megan podría ponerse en alguna fiesta de la escuela. Ella y su hermanastra eran de la misma estatura.

Había comprado también un velo de color marfil y unos zapatos de seda del mismo tono.

No había hablado de su boda con nadie. Sabía que si se lo decía a Kate y Maggie, ellas le insistirían en que aceptara el dinero de ellas, en vez del dinero de Zach.

Al oír que llamaban a la puerta comenzaron a temblarle las piernas. Dio un suspiro profundo y, después de mirar por la mirilla, abrió la puerta. Era Zach, vestido de frac.

Susan no sabía cuánto tiempo les quedaba. Él la miró y esbozó una sonrisa.

—Un vestido muy bonito —dijo.

—Gracias.

—¿Dónde está Paul?

—Está con una vecina.

—Mi abuelo espera verlo con nosotros.

Ella había estado pensando qué hacer, pero finalmente había decidido que el niño no entendería bien aquello del matrimonio falso.

—No quiero molestarlo.

—Yo tampoco. No quiero molestaros a ninguno de los dos, pero Paul tiene que venir. Mi abuelo no solo no entendería por qué no viene, sino que, además, tiene ganas de volver a verlo. Le ha caído muy bien.

—A Paul también le ha caído muy bien tu abuelo, pero, ¿cómo vamos a explicarle la situación a un niño de ocho años?

—Le diremos la verdad. Que nos vamos a casar solo por un tiempo para satisfacer a mi abuelo —insistió Zach.

El hombre no dijo nada más. Simplemente, se quedó en silencio, esperando a que ella se rindiera. Y ella, efectivamente, se rindió. La situación era tan extraña que Susan ya no sabía lo que estaba bien y lo que estaba mal. Dio un suspiro y cruzó el vestíbulo para llamar a la puerta de Rosa.

Cuando esta abrió, Susan le dijo que se iba a llevar a Paul con ella.

—¡Paul! —gritó la mujer—. Parece como si te fueras a casar. ¿Hay algo que no me has contado? —añadió, mirándola de arriba abajo.

Susan esbozó una sonrisa.

–Luego te lo explico –en ese momento, apareció el hermano–. Paul, he cambiado de idea, te vienes con Zach y conmigo. Así que ve corriendo a cambiarte.

–¡Estás muy guapa, Susan!

–Gracias, cielo. Ve a ponerte los pantalones y la camisa que te pusiste ayer. Están colgados en tu armario.

–Pero Manuel y yo íbamos a ver el partido de béisbol... –protestó el niño, frunciendo el ceño.

–He dicho que vayas a cambiarte, Paul –dijo su hermana con voz tranquila, pero firme.

El niño agachó la cabeza y se dirigió a su casa.

–Date prisa, por favor –le gritó ella.

A continuación, se despidió de Rosa y se fue hacia el apartamento por si Paul la necesitaba.

Zach la agarró del brazo cuando pasó a su lado.

–Gracias. Quiero que salga todo perfecto para satisfacer a mi abuelo.

–Sí, lo sé.

–Tienes que firmar esto –añadió, sacando algo del bolsillo del traje.

Ella frunció el ceño. Agarró el papel y lo leyó rápidamente.

–¡Te dije que no hacía falta que me dieras más dinero!

En el escrito, él se comprometía a pagarle otros diez mil dólares y también dejaba claro que, cuando el matrimonio terminara, Susan no recibiría ningún tipo de compensación.

–¿Te parece bien? –preguntó él, arqueando una ceja.

–Ya te dije anoche que aceptaría sin necesidad de que me des más dinero.

–De acuerdo entonces. Toma un bolígrafo.

Ella, enfadada, lo agarró. Firmaría aquel documento estúpido. Y si él de verdad le daba esos diez mil dólares extras, ella también podría pagar el alojamiento de Megan del segundo trimestre. Luego, le devolvió el documento firmado sin comentarios y permanecieron en silencio hasta que Paul apareció.

–Te has olvidado de cambiarte de zapatos, chaval –dijo Zach al tiempo que el pequeño se terminaba de abrochar la camisa.

Paul miró a Susan con una expresión confusa.

–Esos son los únicos zapatos que tiene –explicó Susan.

La mujer se sonrojó al notar que él la miraba de arriba abajo. Estaba segura de que estaba calculando lo que le había costado la ropa que llevaba. Desde luego, no hacía falta que Susan le explicara que había usado parte del cheque para ponerse guapa para la ocasión.

–Lo siento, Paul, estás bien así. ¿Nos vamos? Por cierto, tengo en el coche los cuentos de los que te hablé.

La cara del niño se iluminó.

–¡Bien! ¿De verdad?

–De verdad –contestó Zach con una sonrisa.

Susan se tragó su rabia. Aquel hombre quizá era un bruto con ella, pero con el niño era muy amable.

–¿Por qué tengo que ir yo también? –quiso saber Paul–. Susan me dijo que esta noche iba a ser solo de mayores.

–Pues Susan se equivocaba. Es para mayores y para un niño muy especial. Te lo explicaré todo en el coche.

Zach se metió en el coche, pensando en que tenía que llevar al niño de compras en cuanto pudiera. La mujer de aspecto inocente y puro que estaba sentada a su lado debía de haberse gastado buena parte del dinero que les había dado en la ropa que llevaba en esos momentos.

–¿Cuándo me lo vas a explicar? –preguntó Paul, interrumpiendo sus pensamientos.

–Lo siento, Paul. Mi abuelo tiene muchas ganas de

verme casado, pero no he tenido tiempo de encontrar una novia verdadera, así que voy a fingir que Susan es mi esposa. Es para hacer feliz a mi abuelo. ¿Puedes guardarnos el secreto?

–Claro, pero, ¿por qué tengo que ir yo también?

–Bueno, si fuera de verdad la boda de tu madre, irías, ¿a que sí?

–Me imagino que, si estuviera viva, sí iría –dijo Paul con un suspiro–. Mis padres se murieron. Solo quedan Susan y Megan.

Zach estuvo a punto de chocar contra el coche que tenían delante.

–¿No eres su madre?

–No, soy su hermana y tutora –contestó ella sin mirarlo.

–¿Por qué no me lo dijiste anoche?

–No me lo preguntaste y yo tampoco pensé que fuera importante.

–¿Quién es Megan? –añadió, demasiado enfadado para contestar al comentario de Susan.

–Es nuestra hermana. Se ha ido fuera a estudiar.

–¿A la escuela? –quiso saber.

–Es estudiante de primer curso en la universidad de Nebraska.

–¡Maldita sea! Nos casamos dentro de un rato. ¿No crees que podías haberme contado todo esto ayer?

Susan finalmente lo miró.

–¿Qué habría cambiado? –dijo fríamente.

Tenía razón. La información sobre la familia de Susan no le habría afectado de modo alguno. Ese matrimonio era falso. Así que, ¿por qué se enfadaba?

–Mi abuelo piensa que Paul es hijo tuyo.

–Y en cierto modo, lo es –contestó Susan con una sonrisa. Luego, miró a su hermano pequeño–. Ayudé a cuidarlo desde que nació y, hace cuatro años, me convertí en su madre.

Zach apretó el volante. De alguna manera, aquello no pegaba con la imagen que se había creado de Susan. Pensaba que era un mujer hermosa, egoísta y ambiciosa. Era verdad que le parecía muy guapa, pero sabía que podía resistirse a una cara bonita. Aunque, ¿qué pasaría si descubría que tambíen era hermoso su interior?

Susan agarró la mano de Paul cuando llegaron a la habitación del anciano. En el coche había estado tranquila, pero en esos momentos estaba temblando.

—Me estás apretando mucho la mano –se quejó Paul.

—Lo siento, cariño. ¿Me prometes que no vas a contar los secretos que te hemos contado hoy?

—Te lo prometo. ¿Será Zach mi padre?

Por ese motivo, ella no había querido implicar a Paul en todo aquello. No quería que pensara que había encontrado un padre. Susan se agachó y lo besó en la mejilla.

—Más o menos, pero no de verdad.

Paul la miró como si su hermana le estuviera hablando en un idioma extranjero.

—¿Qué?

—Luego hablamos.

Zach abrió la puerta.

—¿Preparados?

—¿Y la licencia? –preguntó Susan de repente–. Yo no he rellenado nada.

—Ya nos la están haciendo. Tendrás que rellenar algunos espacios en blanco, pero un juez amigo de mi abuelo está preparando todo.

Dicho lo cual, entró en la habitación.

Al lado de la cama, había tres hombres vestidos de negro. Zach les dio la mano y se volvió hacia su abuelo.

—¿Abuelo? Ya estamos aquí.

–Bien, hijo, preséntalos a Susan –el anciano se volvió hacia el niño–. Paul, qué bien que hayas venido.

Paul no dudó en acercarse a Pete Lowery. Susan apenas atendió a las presentaciones, ya que estaba pendiente de su hermano menor.

El sacerdote, el juez del que poco antes le había hablado Zach y el doctor la saludaron educadamente.

–Terminemos cuanto antes –intervino Pete desde la cama, agarrando la manita de Paul.

–¿Puedo llamarte abuelo? –dijo el niño, inclinándose sobre la cama.

El corazón de Susan dio un vuelco al oír el entusiasmo en la voz del pequeño. No debía haberse dejado convencer. Paul sufriría cuando Pete muriera y ella se separara de Zach.

–Claro que puedes –contestó el anciano, sonriendo.

Susan sintió los ojos de Zach sobre ella, pero se negó a mirarlo a su vez. Solo quería que todo terminara lo antes posible.

El sacerdote se acercó a ellos.

–Creo que podemos empezar. ¿Pueden dar un paso adelante? –pidió amablemente.

–Tomad las flores –dijo Pete desde la cama.

–Casi se me olvidan –replicó el juez, dirigiéndose hacia el armario.

Sacó de él un bonito ramo de rosas de color rosa muy pálido, casi blanco, y se las dio a Susan.

–Muchas gracias, son preciosas –dijo ella, dirigiéndole una amplia sonrisa al hombre.

–Tiene que darle las gracias a Pete.

Ella se acercó a la cama y se inclinó para besar al anciano en la mejilla.

–Gracias, señor Lowery. El ramo es precioso.

–No tanto como tú, niña. Y no me llames señor. Seré vuestro abuelo.

Susan esbozó una sonrisa y volvió, temblorosa, al

lado del sacerdote, confiando en que Pete no hubiera notado su estado de ánimo.

Zach la esperaba.

En ese momento, Susan se estremeció. ¿Qué demonios estaba haciendo? ¿Cómo había sido capaz de aceptar aquello? Cerró los ojos.

¿Se iba a desmayar?

Zach la agarró. Susan había estado comportándose de manera extraña todo el tiempo, como si la molestara todo aquello. Él no se había imaginado que fuera una persona con conciencia. ¿O quizá estaba actuando?

Susan abrió los ojos y lo miró. Zach dio un suspiro de alivio y miró al sacerdote, al que hizo un gesto afirmativo.

–Nos hemos reunido aquí...

La ceremonia transcurrió con toda normalidad hasta que el sacerdote pidió los anillos. Entonces, Susan contuvo el aire, pensando en que se habían olvidado de lo más importante y segura de que Zach tampoco se había acordado.

Pero este metió la mano en el bolsillo y sacó dos anillos que dio al sacerdote. El suyo era un anillo sencillo de oro. El de ella llevaba un pequeño diamante.

Cuando el sacerdote lo ordenó, Zach se lo puso en el dedo. Le estaba un poco grande.

Susan miró al anillo al tiempo que parecía olvidarse de dónde estaba. Zach la tocó discretamente en el codo al ver que tardaba en responder. Ella alzó la cabeza y lo miró.

–Mi anillo –susurró él.

Ella tomó el aro de la mano del sacerdote y lo colocó en el dedo de él, repitiendo las palabras. Su voz y sus manos estaban temblorosas.

–Os declaro marido y mujer –dijo el sacerdote segundos después–. Puede besar a la novia.

Susan lo miró con los ojos abiertos de par en par por la sorpresa. Afortunadamente, el abuelo no podía ver su cara. Zach la tomó en sus brazos y buscó su boca.

Él tenía intención de rozar simplemente sus labios, tal como había hecho la tarde anterior. Pero al tocar los labios de Susan, descubrió que estaba más excitado que el día anterior. Ella abrió la boca, como para protestar, y él se introdujo en ella hasta casi olvidarse de que tenían espectadores. Al mismo tiempo, deslizó las manos sobre el traje de seda, notando las curvas de su cuerpo, anhelando más.

–Muy bien, chico, ya es suficiente. Te la vas a comer viva –dijo Pete desde la cama.

Él se retiró bruscamente, casi tirando a Susan, quien parecía aturdida.

–¿Estás bien? –preguntó, agarrándola de nuevo.

–Sí –respondió ella, respirando hondo–. Por supuesto que sí.

–Felicidades, señora Lowery –le deseó el juez, tendiéndole la mano. Ella parpadeó varias veces antes de estrechar la mano del hombre. Inmediatamente, se acercaron también a felicitarla el doctor y el sacerdote.

Zach también les dio la mano a todos ellos, pero en lo único en que podía pensar era en volver a tener a Susan en sus brazos. El beso que acababa de darle lo había conmocionado como ningún otro beso lo había hecho. Así que le estaba costando volver en sí.

–Muy bien. ¡Vamos a celebrarlo! –gritó Pete desde la cama–. Doctor, ¿está todo arreglado?

–Sí, pero usted debe mantener su promesa.

–Paul y yo beberemos solo agua mineral, ¿verdad, chico? Nosotros no beberemos champán.

–¿Qué es el champán? –preguntó Paul.

–Una cosa que no te gustaría. En cambio la tarta...

Me parece que la tarta te va a encantar. Y te tendrás que comer mi trozo también, ya que le he prometido al doctor que no la probaría siquiera.

–¿Ni siquiera un poquito? –preguntó Paul, a quien esa promesa le parecía un sacrificio horrible.

–No te preocupes.

Zach agarró a Susan de la mano y la condujo hasta la cama.

–¿De qué estáis hablando, abuelo? Tú tienes que estar tranquilo.

–No te preocupes, chico. El doctor ha dado su visto bueno.

El doctor se acercó a Zach.

–Su abuelo desea celebrar la boda, señor Lowery, y me ha prometido comportarse. Así que, como parece estar mejor, he aceptado su petición.

En ese momento, se abrió la puerta y una enfermera entró en la habitación con un carro de hospital. Dentro, iban una pequeña tarta de boda, una pila de platos, tenedores, una botella de champán y una botella de agua mineral.

–Pero yo no esperaba... Abuelo, deberías haber estado descansando, en vez de planeando la fiesta –protestó Zach.

Para sorpresa de Zach, Susan, que había estado a punto de desmayarse poco antes, se acercó a su abuelo y lo besó en la mejilla.

–Ha sido un bonito detalle, abuelo.

–Buena chica. Levántame un poco la cama y acercadnos a Paul y a mí el agua mineral. Queremos brindar por los recién casados, ¿verdad, Paul?

–Sí.

Zach no pudo evitar sonreír. El chico no tenía ni idea de lo que quería decir el abuelo, pero aun así le dio la razón.

–Muy bien, marchando un par de vasos de agua mineral–. Zach hizo los honores. Sacó los vasos de una estantería que había en la parte de abajo del carro y sirvió agua y champán para todos. Luego, se volvió hacia su abuelo–. Muy bien, ahora es tu turno.

El anciano levantó su vaso y le hizo un gesto a Paul para que hiciera lo mismo.

–Por Zach y Susan. Para que su matrimonio sea feliz y duradero y les traiga un montón de pequeños.

Todos bebieron de sus vasos.

–El chico quiere un trozo de tarta –ordenó el abuelo–. Susan, tú y Zach tenéis que cortar el primer trozo.

Zach no pensaba discutir, ya que sabía que, al hacerlo, podría volver a poner las manos encima de Susan.

Finalmente, volvió a ponerlas, al agarrar el cuchillo, y actuó como si tuviera mucho interés en cortar la tarta.

De pronto, le sobresaltó la voz de su abuelo.

–¿Y dónde vais a pasar la luna de miel?

Capítulo 4

A ZACH se le atragantó el trozo de pastel que acababa de meterse en la boca.

El juez le dio varios golpes en la espalda. Cuando se recuperó, se fijó en que Susan, tan pálida como su traje de novia, lo estaba mirando a su vez con los ojos azules abiertos de par en par.

–Oh, abuelo, por el momento, no teníamos pensado irnos de luna de miel.

Las mejillas de Susan recuperaron su color natural.

–No podemos irnos dejándote en el hospital y sin que te hayas recuperado del todo, abuelo –comentó ella–. Eso es ahora lo más importante.

–Bueno, ya me imaginaba que ibais a decir eso, así que lo he planeado todo por mi cuenta –el anciano parecía muy complacido con su perspicacia.

–Abuelo, me niego a dejarte solo hasta que estés mejor –protestó Zach, a pesar de la tentación que suponía pasar la luna de miel con aquella mujer tan bella.

–Y por eso os he reservado la suite nupcial del hotel Plaza, que está aquí al lado. El gerente es un buen amigo mío y me ha asegurado que os atenderán perfectamente.

–Pero, abuelo –dijo Susan, casi sin aliento–. Yo tengo que cuidar de Paul y no puedo...

–Yo puedo quedarme con Rosa –intervino Paul–. Así podré enseñar a Manny mis nuevos libros –se volvió hacia Pete–. Zach me ha comprado unos libros que tratan de un perro.

–Muy bien. Entonces, ¿no te importa ir a casa de Rosa? Porque el doctor me ha dicho que también puedes ir a su casa –le propuso Pete.

–No, estaré bien en casa de Rosa. Manny es amigo mío.

–¿Te parece bien, Susan? –le preguntó Pete, sonriéndole.

Zach la compadeció. No era la primera vez que veía cómo su abuelo manejaba a la gente para que hicieran lo que él quería, pero para Susan era una nueva experiencia.

–Sí, me parece bien –contestó Susan finalmente–. Has sido muy atento, abuelo. Pasar una... noche en un hotel tan bonito va a ser... estupendo.

–¿Una noche? ¿Es que piensas que soy un rácano? Os he reservado habitación para que paséis allí todo el fin de semana.

–¿Zach? –susurró desesperada, requiriendo la ayuda de él.

–No podemos dejar a Paul con Rosa tanto tiempo, abuelo. Pasaremos en el hotel solo esta noche.

–Está bien, no puedo obligaros. Pero pienso que el chico estaría bien en el rancho con Hester. ¿Te gustan los animales, chico?

Paul abrió los ojos de par en par.

–¿Animales? ¿Te refieres a perros? Yo no tengo un perro porque no podemos tenerlo en el apartamento, pero siempre he querido tener uno.

Susan se tapó la cara con una mano. Zach no estaba seguro de si sería por lo del perro. Él pensaba que los niños y los perros eran muy buenos compañeros.

–Tenemos varios perros, Paul. Te gustarán mucho –le aseguró el abuelo.

–¡Bien! ¡Veréis cuando se lo diga a Manny!

–Ya es hora de que descanse usted, señor Lowery –dijo el doctor con voz tranquila.

–Muy bien –asintió el anciano, cosa que preocupó a

Zach–. Y en cuanto a vosotros dos, pasadlo bien. Os aviso de que voy a pedirle un informe al gerente del hotel –añadió con una sonrisa.

–Haremos lo que podamos, abuelo –prometió Zach, mirando de reojo el gesto preocupado de Susan. Se volvió hacia ella y le sonrió, pero eso no pareció tranquilizarla.

–Doctor, reverendo Knox, juez, gracias a todos por ayudar al abuelo. Sé que esta boda significaba mucho para él –dijo Zach mientras le daba la mano a cada uno de ellos. Luego, se fijó en el modo tan amable en que Susan les dio también las gracias.

Finalmente, Susan se volvió hacia el abuelo y le dio un beso en cada mejilla.

–Gracias por todo, abuelo.

–De nada, jovencita. Bienvenida a la familia. Y tú también –añadió, sonriendo a Paul.

Zach se acercó a Susan y le pasó el brazo por encima de los hombros, esperando que el abuelo no se diera cuenta del sobresalto de ella.

–Gracias, abuelo.

–De nada, chico, y ahora, marchaos.

El abuelo los despidió con una sonrisa.

–¿No le importará a Rosa que Paul pase allí la noche? –preguntó Zach mientras conducía su Sedan de alquiler.

–No creo que haga falta. Tú puedes pasar la noche allí y...

–¿Es que no has oído que mi abuelo es amigo del gerente del hotel? Lo informaría de que he pasado yo solo la noche y se armaría un jaleo del demonio.

–Oh, has dicho una palabrota –dijo Paul desde el asiento trasero. El niño llevaba los libros en su regazo y no paraba de tocarlos, como si pensara que pudieran desaparecer en cualquier momento.

–Perdona, amigo, no me he dado cuenta –se excusó

Zach. Luego, siguió hablando con Susan–. Así que no tenemos otra alternativa que pasar la noche juntos en ese hotel.

Susan se cruzó de brazos con la intención de que él no se diera cuenta de que le estaban temblando las manos.

–Me da la impresión de que tú siempre te sales con la tuya –comentó ella.

–¿Y qué quieres que hagamos, Susan? No creo que desees que mi abuelo se disguste, ¿no?

–Por supuesto que no. Es un hombre encantador.

–Dijo que podía llamarlo abuelo –intervino Paul–, así que por fin tengo un abuelo. ¿Puedo decírselo a Manny?

Susan soltó un gemido mientras pensaba en cómo podía responder.

Zach, sin embargo, no lo dudó.

–Claro que puedes decírselo, muchacho.

Susan se quedó mirándolo asombrada.

–¡No te entrometas! –protestó–. Soy yo quien tiene que decírselo a Paul, no tú.

Él siguió conduciendo sin decir nada más. Así, llegaron en silencio al apartamento.

–¿Quieres que te ayude a hacer el equipaje para esta noche?

–¡No! Vamos, Paul –Susan abrió la puerta del niño y lo ayudó a salir. Creyó que Zach se quedaría en el coche, pero no fue así. El hombre los siguió hasta el apartamento.

–Mete en una bolsa tu pijama y ropa limpia para mañana –le ordenó a Paul–. Yo iré a hablar con Rosa.

Sin hacer caso de Zach, se dirigió a la puerta de la vecina. Para cuando terminó de explicarle a Rosa que tenía que dejar al niño con ella, Paul ya estaba a su lado con la ropa y el neceser en una bolsa y con sus libros nuevos en otra.

–¿Puedo quedarme, Rosa?

–Por supuesto que sí. Manny se está preparando para irse a la cama.

–¡Mira que libros tengo! –le dijo a Rosa, entrando en la casa.

–¿Y a mí? ¿No me das las buenas noches? –le preguntó Susan.

El niño se volvió hacia ella y le dio un abrazo. Luego, entró en la casa a toda velocidad.

Rosa se echó a reír.

–¿Estás bien?

–Sí. Mañana estaré aquí a la hora habitual.

–Muy bien, que pases buena noche.

Susan se quedó allí de pie un rato después de que Rosa cerrara la puerta.

«Sí, claro. Que pase una buena noche».

Finalmente, abrió la puerta de su apartamento y se encontró a Zach en mitad del salón, esperándola.

Sin decir nada, se dirigió a su cuarto. La única maleta que tenía era una bolsa de viaje muy vieja, pero no podía llevar sus cosas en una bolsa de papel, así que no tuvo más remedio que sacarla del armario. Tardó solo un par de minutos en meter dentro lo que necesitaba para pasar la noche fuera.

Cuando salió con la bolsa en la mano, Zach avanzó hacia ella. Después de quedarse mirando la maleta un rato, levantó la vista hacia ella con gesto interrogante.

Susan se sonrojó.

–Es la única maleta que tengo.

–Bueno, yo no tengo ni eso. Así que no te preocupes –dijo él con una sonrisa.

Sus amables palabras hicieron que se le pasara la vergüenza que sentía.

Susan nunca había pasado la noche en un hotel, pero no quería confesárselo a Zach. No quería que se burlara de ella. Así que lo siguió sin decir nada al interior del luminoso y elegantemente decorado vestíbulo.

Él rechazó el ofrecimiento del botones de llevarles la maleta y se dirigió al mostrador de recepción. Para sorpresa de Susan, la mujer de recepción lo conocía.

—Buenas noches, señor Lowery. Ya tenemos su nueva habitación preparada y le hemos llevado allí sus cosas.

—Oh, gracias. Es justo lo que iba a pedirles –dijo con una sonrisa, pero Susan, que estaba empezando a conocerlo, se fijó en su gesto algo tenso.

—No hace falta que me devuelva su llave. Hemos cambiado el código de la nueva habitación, así que le servirá la que tiene.

—Muy bien, entonces, vamos a subir.

—Por supuesto y, si necesitan algo, solo tienen que llamar –la mujer desvió su atención hacia Susan–. Por cierto, felicidades, señora Lowery.

—Gracias –murmuró Susan, tratando de comportarse como una recién casada.

Zach la tomó de la mano y se encaminaron juntos hacia el ascensor.

—¿Pasa algo? –le preguntó ella.

—Luego te lo cuento.

Subieron en silencio hasta la última planta. En esta, solo había dos puertas y Zach se dirigió hacia la de la derecha.

Metió la llave en la cerradura justo al mismo tiempo que se abría la puerta del otro ascensor. Apareció un camarero con un carro.

—Buenas noches, señor y señora Lowery. El señor Peter Lowery encargó esta sorpresa para ustedes.

—Muy bien –murmuró Zach, abriendo la puerta–. Adelante.

—Señor, si me permite, yo sujetaré la puerta para que usted pueda entrar con la novia en sus brazos.

Susan no pudo evitar que se le escapara un gemido.

Y cuando miró a Zach, vio que, efectivamente, él se estaba preparando para levantarla en brazos.

El hombre dejó en el suelo la vieja maleta y se dirigió hacia ella. Con una facilidad asombrosa, la levantó en sus brazos. Ese hombre era tan fuerte como Paul le había contado.

El camarero les sonrió y se los quedó mirando como si todavía faltase algo. Cuando Zach la besó, ella descubrió lo que era. Y también descubrió que lo que había sucedido durante el beso de después de la ceremonia no habían sido imaginaciones suyas. En cuanto ese hombre la tocaba, ella perdía el control de sí misma. Cuando la depositó sobre el suelo, la cabeza todavía le estaba dando vueltas.

El camarero quitó el paño que tapaba el contenido del carro. El regalo del abuelo constaba de una tabla de quesos, un plato enorme de bombones, una botella de champán y varias bandejas tapadas.

Luego, el hombre hizo una reverencia y se quedó esperando a que Zach le diera la propina.

Susan se dio la vuelta, tratando de ocultar su excitación y también su... miedo.

Y entonces fue cuando se fijó en la habitación, o para ser más precisos, en la suite en la que estaban. Las paredes del bonito salón eran acristaladas y, desde allí, podía verse toda la ciudad de Kansas. Una puerta daba paso a un elegante comedor y supuso que la puerta cerrada de la otra pared daría paso al dormitorio. Susan pensó que todo su apartamento no era tan grande como el salón y el comedor de aquella suite juntos.

Cuando oyó el ruido de la puerta al cerrarse, Susan se dio la vuelta.

—¡Qué grande!

—No tanto.

Ella se quedó mirándolo fijamente, pensando en lo mal acostumbrado que debía de estar para decir eso.

—¿Cómo puedes hablar así?

–Me refiero a que esta suite tiene una sola cama. Así que, a menos que quieras compartirla, estamos en un aprieto.

–¡Oh! –exclamó ella, sonrojándose.

–Ese es el motivo por el que me viste preocupado en el vestíbulo. No había pensado que ellos moverían mis cosas tan rápidamente de una habitación a otra.

–¡Oh! –repitió ella–. Al menos, el sofá es bastante grande. Yo podré dormir en él.

–No –dijo él, soltando un suspiro–. Yo dormiré en el sofá.

–Pero yo soy más baja que tú...

–¡Susan, he dicho que yo dormiré en el sofá! –ordenó él y, sin esperar ninguna respuesta, se apartó de ella y comenzó a servirse un plato de la comida que les había llevado el camarero.

–¿Tienes hambre?

–No, pero seguro que informan a mi abuelo de si hemos disfrutado de su regalo o no. Así que será mejor que comamos algo.

Mientras ella se servía también un plato con gesto dubitativo, él abrió la botella de champán y sirvió dos copas.

–Yo... no estoy acostumbrada a beber –protestó ella.

Él sonrió, lo que le hizo todavía más atractivo.

A Susan se le escapó un suspiro.

–¿Bebiste algo después de la boda?

–Bueno, solo un par de tragos.

–¿No te apetece un poco más entonces? –preguntó él con gesto seductor.

–Creo que preferiría que nos acostáramos –susurró ella. Luego, al ver que los ojos de él se encendían, matizó su respuesta–. Por supuesto, uno en la cama y otro en el salón.

–Ya me imaginaba que te referías a eso. ¿No te apetece comer nada más tampoco?

Ella levantó unas cuantas tapas y vio que había champiñones estofados, canapés de caviar y suflé de queso.

–Me temo que no puedo comer nada más –dijo ella, suspirando.

Él dejó su plato y su vaso sobre la mesa.

–No te preocupes. Le diré al abuelo que te tuve demasiado ocupada para comer nada –comentó Zach mientras le quitaba el plato de las manos.

–Oh –exclamó ella, sonrojándose al darse cuenta de lo que él quería decir–. Gracias –añadió, levantándose y dirigiéndose al dormitorio.

Al entrar, se quedó de piedra. La cama era enorme y la colcha estaba abierta a la altura de las almohadas, donde habían colocado unos cuantos bombones de menta.

–¡Oh! –exclamó ella.

–¿Es que no sabes decir nada más? –preguntó él, metiendo la maleta en el dormitorio.

–Yo nunca... es preciosa.

–¿Nunca habías estado antes en una suite?

–Nunca había estado ni siquiera en un hotel –susurró ella.

Él dejó la bolsa de viaje a los pies de la cama.

–Bueno, pues me parece que has empezado a lo grande.

–¿Habías estado tú antes en esta suite?

–No exactamente. Te recuerdo que esta es una suite nupcial.

–Pero tú has estado ya casado –le recordó ella.

Por alguna extraña razón, el pensar que él podía haber estado allí con su ex mujer la inquietaba profundamente.

–Pasamos nuestra luna de miel en París –dijo él algo disgustado, como si no le gustara hablar de aquello. Luego, se dirigió al armario y sacó una sábana–. ¿Te importaría darme una almohada?

–Por supuesto que no. ¿No necesitas alguna colcha?

–No, y como hay otro baño junto a la cocina, no tendré que volver a molestarte en toda la noche –dijo, acercándose a ella y besándola en los labios.

No fue un beso como los dos anteriores. Fue más bien un beso cariñoso. Un beso suave y tierno.

–¡Buenas noches! –refunfuñó él.

«¡Maldita sea!».

Zach pensó en lo mucho que le había costado salir del dormitorio sin romper su palabra. Cuando le había prometido a Susan que su matrimonio se mantendría dentro de los límites del acuerdo, no había pensado en lo mucho que le iba a costar cumplirlo.

Susan era una mujer muy bella y, en el momento que ella le había confesado que nunca antes había pasado la noche en un hotel, él había estado a punto de tomarla en sus brazos y decirle que haría que nunca se le olvidase aquella primera vez.

Deseó, con toda su alma, compartir aquella primera noche con ella.

Lo que había empezado como algo sencillo para agradar a su abuelo, se estaba volviendo muy complicado.

–¿Zach? –dijo de repente la suave voz de Susan.

Zach se dio la vuelta. La mujer estaba asomada y escondía su cuerpo detrás de la puerta, pero él pudo ver que llevaba únicamente una camiseta blanca lisa.

–¿Sí?

–Tengo que estar en el trabajo a las ocho y media.

–Di que estás enferma.

Ella reaccionó como si le hubiera sugerido que robara un banco.

–¡No puedo hacer eso!

–¡Susan, es nuestra luna de miel!

–Los dos sabemos que no es cierto. Además, tú

fuiste el que decidiste que nos casáramos un martes. Tengo que ir a trabajar. ¿Me despertarás?

–Marca el cero y pide que te llamen. Lo harán a cualquier hora que les digas.

–Gracias.

La puerta se cerró y él se quedó solo de nuevo. Empezó a pensar en Susan en camiseta e, inmediatamente, se preguntó cómo de larga sería esta. No debía de estar muy sexy. La mayoría de las novias llevaban elegantes picardías de encaje o de satén... o nada.

Susan iba con una camiseta blanca.

Zach gimió y agarró una copa de champán. Después de vaciar el contenido, volvió a llenarla, agarró el plato de comida y puso la televisión. A continuación, se sentó en el sofá.

Iba a ser una noche muy larga.

Susan se despertó cuando el teléfono sonó. Lo contestó en seguida, confiando en no molestar a Zach. Después de colgar, se quedó recostada sobre la almohada, sin ganas de dejar la cama más cómoda en la que había dormido en toda su vida.

Finalmente, dio un suspiro y echó hacia atrás la colcha. Poco después, se duchó en el baño lujoso, se vistió y recogió sus cosas. Después de hacer cuidadosamente la gran cama, agarró el bolso y se detuvo en la entrada.

Las razones por las que estaba allí no habían sido las que ella hubiera preferido, pero incluso así había disfrutado de la experiencia. Una vez que Zach había dejado la habitación, claro.

Abrió la puerta despacio y pasó al lado del sofá de puntillas. Zach estaba tumbado a lo largo, cubierto con una sábana que dejaba al descubierto su pecho.

Susan contuvo el aire al tiempo que observaba sus duros músculos y el vello oscuro que cubría su piel. Si alguna vez necesitaba dinero, podría muy bien posar para un calendario.

Se apartó rápidamente del sofá antes de sucumbir a la tentación de tocarlo y se dirigió a la puerta, donde se tropezó. Allí, lo miró de nuevo, conteniendo el aliento. Como Zach no se había movido lo más mínimo, abrió rápidamente la puerta.

Una vez en el vestíbulo, con el bolso en la mano y la puerta ya cerrada, respiró aliviada y continuó hacia la planta baja.

—¿Señora Lowery?

El camarero de la noche anterior estaba hablando con uno de los botones y la había visto.

—¿Hay algún problema?

—¡No! No, solo que tengo que trabajar y... ¡No!

—¿Pasa algo?

—Me olvidé de que no tengo aquí el coche —replicó, pensando en que no sabía si tendría dinero suficiente para pagar un taxi.

—La camioneta del hotel la llevará donde quiera —contestó el camarero como si fuera algo normal.

—¿De verdad? Eso sería estupendo.

—Espere aquí.

En pocos segundos, el camarero la acompañó a la puerta y la presentó a un joven con un uniforme similar al que llevaba él, que abrió la puerta del pasajero para que subiera ella y a continuación se colocó detrás del volante.

—¿Dónde tiene que ir? ¿Al aeropuerto?

—No, al restaurante Lucky Charm Diner, en Wornall.

—Lo conozco. Sirven muy buena comida.

Ella esbozó una sonrisa. Fue un trayecto corto y el conductor habló todo el rato del tiempo y de deportes, permitiendo así que Susan no tuviera que hacer ningún esfuerzo por mantener una conversación.

Cuando entró en el restaurante, notó que la abandonaba la tensión. Pasó por la cocina, saludó a los cocineros y entró apresuradamente en su despacho, escondiendo en seguida la maleta bajo la mesa.

La puerta se abrió y Kate asomó la cabeza.

—Hola, ¿qué tal todo?

—Estupendamente. He llegado un poco tarde...

—No seas tonta. Estaré toda la mañana por aquí, así que si tienes alguna pregunta que hacerme sobre el catálogo, dímelo —estuvo a punto de cerrar la puerta, pero volvió a abrirla—. Por cierto, Nathan ya sabe contar hasta diez.

Nathan era el hijo pequeño de Kate.

—¡Es un genio! —replicó Susan.

—Lo sé. ¿Queréis venir a cenar esta noche Paul y tú? Últimamente no hemos coincidido.

—Me parece bien, gracias —contestó Susan inmediatamente. A Paul le encantaban las visitas a casa de Kate o Maggie.

Después de que Kate volviera a la cocina, comenzó a trabajar. Le convenía olvidarse de los extraños sucesos de las dos noches anteriores y concentrarse en el trabajo.

Nadie la molestó hasta casi las once. Entonces, Kate volvió a asomarse a la puerta.

—Hola, Kate. ¿Ya te vas?

La hermana solía ir solo media jornada.

—No, todavía no. Oye, Susan, hay un hombre al teléfono. Dice que es tu marido. ¿Hay algo que no me hayas contado?

Capítulo 5

ZACH golpeó los dedos sobre la mesilla de noche mientras esperaba a que Susan contestara al teléfono. No solo se había marchado sin despertarlo, sino que también había hecho la maldita cama.

El servicio de habitaciones había llevado hacía pocos minutos el desayuno por orden de su abuelo. Zach había tenido el tiempo justo de tirar la almohada hacia el dormitorio, envolverse una sábana alrededor de la cintura y colocar un poco los cojines del sofá. El camarero le había ofrecido servirles el desayuno en la cama, pero él se había negado rotundamente.

Así que no estaba de muy buen humor, pensando en que había estado a punto de suceder un desastre y Susan no había sido, precisamente, quien lo había evitado.

—¿Zach?

Su tono dubitativo lo molestó aún más.

—¿Tienes algún otro marido al que no conozca?

Hubo un silencio.

—¿Por qué no me has despertado antes de irte? Me he sentido como un estúpido al despertarme solo y oír que llamaba el servicio de habitaciones.

—Pensé que querrías dormir.

La respuesta de ella era significativa, especialmente cuando él había estado media noche despierto, pensando en su camiseta virginal y preguntándose si llevaría sujetador debajo... Inmediatamente, trató de detener el rumbo de sus pensamientos.

—Tenemos que hacer planes.

–¿Sobre qué?

–Sobre ir a ver a mi abuelo, lo primero. Seguro que espera que vayamos juntos a hacerle una visita.

–No, no podemos –replicó ella, haciendo que su paciencia llegara al límite.

–Escucha, te he pagado...

–¡No la grites!

–¿Qué pasa, Susan? Me estás volviendo loco.

–Era mi hermana, la que se ha puesto antes, quiere que vayamos hoy a cenar con ella –la voz de ella se alejó, como si hubiera apartado la boca del auricular–. Me había olvidado, Kate. Tenemos que ir al hospital.

–Acabas de decir...

–Oh, Zach, mi hermana quiere que vayamos hoy a cenar a su casa a las seis.

–Me confundes. ¿Qué puedo decirte?

–Su abuelo nos espera –hubo una pausa–. Sí, está en la UCI –otra pausa–. Tienes razón, claro. Me imagino que habrá tiempo para ir a cenar, pero no queremos causarte ninguna molestia.

Zach sostuvo el teléfono, pero no se molestó en contestar. Susan estaba hablando con su hermana. Y de repente, él se acordó de que solo le había hablado de una hermana, de Megan, que tenía dieciocho años y estaba cursando estudios en la universidad.

–¿Cómo es que Megan quiere que cenes con ella esta noche? Creía que estaba en Nebraska.

–No es Megan, es Kate –le aclaró. Luego, su voz se alejó de nuevo–. Sí, sí, creo que podemos. ¿Te parece bien a las seis?

Zach no dijo nada.

–¿Zach? ¿Estás ahí?

–¡Sí, maldita sea, estoy aquí, pero es difícil entendernos cuando a veces hablas conmigo y a veces no!

–Te estoy hablando a ti. ¿Podemos cenar con mi hermana a las seis? Luego, Paul se quedará con ellos.

–¿Se supone que tengo que decir que sí?

–Claro. Zach dice que gracias, Kate. Estaremos allí a las seis.

–¿Ya puedes hablar conmigo? –preguntó Zach con impaciencia–. Creo que debería llevarte a comer a algún sitio para prepararlo todo. Te recogeré dentro de quince minutos.

–Mi hora de comida es de once y media a doce.

–Eso es criminal. Todo el mundo tiene derecho a tomarse una hora para comer.

–De acuerdo, hoy me tomaré una hora.

–Muy bien, estate preparada entonces.

Susan colgó el teléfono de mala gana. Sabía lo que la esperaba. Kate la estaría haciendo preguntas hasta que le contara todos los detalles de su matrimonio. Así que se enfrentó a ella dando un suspiro hondo.

Para su sorpresa, Kate la ignoró. Tomó el teléfono y, después de marcar, se puso a hablar.

–¿Maggie? ¿Puedes venir al restaurante ahora mismo? Susan se ha casado y nos va a contar por qué no nos ha invitado a la boda. No creo que quieras perderte la explicación.

Después de esperar la respuesta de Maggie, Kate colgó el teléfono y miró a Susan.

–¿Alguna queja? Así solo tendrás que explicarlo una vez.

Susan hizo una mueca. Tenía que habérselo imaginado. Kate y Maggie estaban muy unidas y Kate nunca excluiría a su hermana.

Y además, llevaba razón. De ese modo, Susan solo tendría que explicar una vez su humillante situación.

–Espero que se dé prisa. Zach me ha dicho que vendrá dentro de quince minutos y no parecía de muy buen humor.

–Puede esperar –contestó la hermana, levantando la barbilla.

De algún modo la reacción de Kate animó a Susan. Desde que había conocido a Zach, todo habían sido problemas, aunque no hubieran sido originados directamente por él, y era un alivio poder hablarlo con alguien.

–Voy por café para todas –dijo, pensando en llevarlo a la salita de atrás, donde había visto a Zach por primera vez.

La salita era de estilo familiar tradicional y solo se utilizaba para los clientes cuando el resto del local estaba lleno.

Maggie llegó cinco minutos más tarde. Era una mujer de pelo castaño y carácter tranquilo, que contrastaba con el carácter explosivo de Kate. Esa serenidad daba confianza a Susan y la idea de explicarle su situación le agradaba.

Quizá ella si la entendiera.

–¿Te has casado? –preguntó Maggie al tiempo que se sentaba enfrente de Susan.

–No exactamente.

Kate, que llegó justo en ese momento, levantó una ceja.

–Pues ese hombre ha dicho bien claro que tú eras su esposa.

–Nos casamos, pero no fue una boda de verdad.

–¿Por qué no te explicas mejor? –le pidió Maggie.

Susan resumió todos los acontecimientos de los dos últimos días.

–¿Por qué no acudiste a nosotras si necesitabas dinero? –le preguntó Kate.

–Kate, ya sé que puedo contar con vosotras, pero Paul y Megan son responsabilidad mía. Y todavía me queda por pagar parte de las deudas de mi madre. Así que no puedo pediros...

–Ya sé que eres así de testaruda. Está bien, continúa.

Cuando Susan hubo terminado su historia, Kate y Maggie se quedaron mirándose fijamente la una a la otra. Luego, la miraron de nuevo a ella.

–¿Y qué es lo que va a pasar ahora? –preguntó Kate.

Esa misma pregunta se la había hecho Susan a sí misma a lo largo de la mañana.

–No sé, me imagino que tendremos que seguir con la comedia hasta que ya no haga falta.

–Es decir, hasta que muera el abuelo de él –dijo Maggie.

–Así es, pero es un hombre tan encantador, que me cuesta pensar en ello. Quiero decir, que no quiero desear su muerte.

–Por supuesto que no –intervino Kate–, pero, ¿y qué hay de Zach? ¿Cómo es él?

–¿Y qué tiene que ver eso? –preguntó Susan, sintiéndose incómoda ante la pregunta. No quería que sus hermanas se enteraran de lo mucho que la atraía.

–¿Cumplirá su promesa?

–Por supuesto que sí, si es que estáis hablando de mí –dijo Zach.

Susan contuvo el aliento. A pesar de que estaba de cara a la puerta, estaba tan absorta en la conversación que se había olvidado de vigilar que él no llegara.

–¿Es que estás tratando de huir de mí, cariño? –preguntó él, entrando en la salita.

Bueno, una cosa estaba clara. Ella seguía sintiéndose atraída por él. Zach iba vestido con unos vaqueros, una camisa de algodón y con su Stetson en la cabeza. Ella se levantó mientras él se quitaba el sombrero y se mesaba el cabello.

–No quiero que penséis que soy un maleducado, pero es que Susan solo me había hablado de Megan, que está estudiando en Nebraska. No me había dicho que tenía más hermanas –dijo, saludándolas con la cabeza–. Yo soy Zach Lowery.

Kate y Maggie se presentaron a su vez.

–¿Pertenece a tu familia el rancho Lowery? –le preguntó Kate.

–Así es, ¿no os lo había contado Susan?

–No les dije tu apellido –comentó Susan sin levantar la vista de la mesa–. Apenas he tenido tiempo para contarles todo.

–Nosotras somos las hermanastras de Susan –le explicó Maggie–. Nos conocemos solo desde hace año y medio.

–Me alegro mucho de conoceros. Y os aseguro que mantendré la promesa que le he hecho a Susan. Vuestra hermana me está haciendo un gran favor.

Kate frunció el ceño al mismo tiempo que abría la boca, pero Susan se le adelantó.

–Kate, ya soy mayorcita, y te aseguro que todo va a salir bien.

–Lo sé, pero...

–No, Kate, no quiero discutir eso ahora –protestó Susan, suponiendo que Kate iba a hablarle de dinero.

Susan no quería que Zach supiera nada de su situación económica.

Para alivio de Susan, Maggie decidió apoyarla.

–Susan lleva razón, Kate. Ya podremos discutir todo esto en otro momento. Y ahora, supongo que Zach y Susan querrán estar un rato a solas.

Susan se sonrojó. Zach iba a pensar que ella quería seducirlo.

–Sí, pero de lo único que tenemos que hablar es de cómo vamos a coordinar las visitas al hospital –se defendió.

–Muy bien, ¿estás lista para ir a comer? –preguntó Zach.

–Sí –respondió ella, poniéndose en pie, deseosa por escapar del interrogatorio de Kate y también de la mirada comprensiva de Maggie. Esta parecía haberse dado cuenta de la atracción que Susan sentía por el hombre.

–Podéis comer aquí, si queréis –les propuso Kate.

–Gracias, pero ya he reservado mesa en un restaurante –dijo Zach.

–Muy bien. Hasta pronto, entonces –se despidió Kate, mirándolo fijamente.

–¡Maldita sea! ¿Tienes algún familiar más? –le preguntó tan pronto como estuvieron dentro del Sedán.

–Bueno, están los maridos de ellas. Ah, y también tienen tres hijos entre las dos.

–¿Es que no les has contado que nuestro matrimonio no era real? ¿Les contaste que habíamos hecho un trato?

–Sí, por supuesto que sí –protestó ella.

–Entonces, ¿por qué me han examinado de ese modo? La verdad es que no me esperaba nada parecido –Zach estaba disgustado. No le había gustado la mirada de la pelirroja. Parecía desconfiar de él.

–Yo no pensaba contarles nada –replicó Susan–. Si tu no fueras anunciando a los cuatro vientos que estamos casados, nada de esto habría pasado.

Él se sintió culpable. No tenía ninguna excusa, salvo que la mujer con la que había hablado por teléfono parecía remisa a avisar a Susan. Él no estaba acostumbrado a que nadie le negara nada.

Ya se estaba negando él mismo suficientes cosas con respecto a la mujer que iba a su lado en esos momentos. No podía besarla de nuevo, no podía abrazarla, no podía llevarla a la cama... Así que no quería que nadie más le negara nada con respecto a ella.

Aparcó frente a un restaurante de lujo, situado en el centro comercial Plaza. Entraron en silencio al restaurante y un camarero los condujo hasta la mesa.

Zach espero a que hubieran pedido para hablar de nuevo.

–Mira, Susan, vamos a olvidarnos de este asunto. No tiene sentido que nos enfademos por ello –dijo, respirando aliviado cuando vio que ella asentía.

–Muy bien, yo voy a ir al hospital después de comer. Después, te recogeré a eso de las... no sé a qué distancia está la casa de tu hermana.

–No muy lejos. A un cuarto de hora, más o menos.

–¿Dónde viven?

–Cerca del hotel Plaza.

Él frunció el ceño.

–Esa zona es muy cara. Deben de tener mucho dinero.

–¿Por qué lo preguntas?

Él se dio cuenta de que ella lo estaba mirando con gesto suspicaz.

–Simple curiosidad. ¿Es que crees que estoy pensando en robarlas o algo por el estilo?

Ella se encogió de hombros y apartó la vista, mordiéndose el labio.

–Así que... ¿me recogerás a eso de las cinco y media? –preguntó ella, poniéndose en pie.

–Así es, pero, ¿dónde vas? Si todavía no hemos comido...

–Oh, me había olvidado –susurró ella, delatando lo nerviosa que estaba.

Él le tomó la mano y notó que le temblaba.

–Oye, no tienes que preocuparte. Todo es por una buena causa. He hablado esta mañana con mi abuelo y se encuentra mejor que en todos estos últimos seis meses.

Ella asintió.

–¿Has tenido algún problema en el trabajo esta mañana?

Ella pareció sorprendida.

–No, por supuesto que no.

–¿Cuánto tiempo llevas trabajando allí?

–Poco más de una semana.

La camarera les llevó la comida, pero él siguió preguntándole y pronto descubrió que ella había dejado su anterior trabajo debido al acoso sexual al que se había visto sometida allí.

–¡Podías haberlos llevado a juicio!

–Ya, pero yo tengo que seguir trabajando para ganar un sueldo. No puedo permitirme demandarlos.

Su tono no era de autocompasión, sino que se limitaba a explicar los hechos. Y él se daba cuenta de que, en parte, era lógico que le hubiera sucedido aquello. Ella debía de atraer a muchos hombres. Era una mujer muy guapa, pero no solo eso. También era muy atractiva y amable.

–Bueno, al menos trabajando para tus hermanas, puedes estar tranquila de que eso no va a volver a suceder.

–Sí, la verdad es que he tenido suerte.

Zach estaba seguro de que ninguna de las mujeres que había conocido hasta entonces habrían dicho que tenían suerte si vivieran en un apartamento como el de ella y tuvieran dos personas a su cargo.

–Será mejor que nos demos prisa. Tengo que volver al trabajo.

–Es que media hora para comer es muy poco.

–Yo lo pedí así para poder estar antes en casa con Paul. Me gusta pasar todo el tiempo que puedo con él.

–Me había olvidado de él. Si quieres, después de visitar a mi abuelo, puedo pasarme a recogerlo. Seguro que le apetece acompañarme a un par de sitios que tengo que ir –dijo. Luego, esperó la respuesta de ella. No estaba segura de si confiaría en él lo suficiente como para dejar a su cargo a su querido hermano.

–No es necesario que...

–Susan, me apetece hacerlo. De hecho, puedo invitar también a Manuel. Paul parece quererlo mucho.

–Sí, son como hermanos. Si estás seguro de que te apetece recogerlos, llamaré a Rosa.

–Sí, hazlo.

Pete Lowery estaba sentado en la cama del hospital cuando llegó Zach.

–Abuelo, tienes muy buen aspecto.

–Sí, los médicos están muy sorprendidos. Pensaban que de esta no salía –dijo, sonriendo.

–Igual que yo –murmuró para sí Zach.

Afortunadamente, su abuelo se había recuperado del ataque al corazón, pero seguía tan duro de oído como siempre.

–Me alegro mucho de verte tan recuperado –añadió Zach.

–¿Te gustó la suite?

–Por supuesto. A Susan la encantó.

–Es una chica estupenda. ¿Dónde la conociste?

Zach respiró hondo.

–Bueno, un día que vine a la ciudad, me pasé a comer algo a un restaurante y ella me sirvió un café.

–¿Es camarera?

–No, es relaciones públicas, pero cuando se sirve un café para ella, suele ayudar a la camarera y rellena la taza de café del resto de clientes.

–¿Relaciones públicas? Apuesto a que hace bien su trabajo.

–Así es.

–¿Dónde está ahora?

–Trabajando.

Pete se quedó mirándolo fijamente.

–¿Es que la tienes esclavizada? Tendría que haberse tomado unos días de vacaciones.

Zach decidió echarle la culpa a ella.

–Ya se lo dije, pero como no había planeado que la boda fuese tan pronto, no quiere faltar al trabajo. Susan es una mujer muy responsable.

–Pero en cuanto tengáis hijos debes asegurarte de que se queda en casa cuidándolos.

–Abuelo, eso es asunto nuestro –le dijo Zach con una sonrisa–. Y ahora, me tengo que ir. Voy a ir de compras con Paul. Susan y yo vendremos a verte esta noche después de cenar con unos familiares suyos a quienes he conocido hoy –le dio una palmada en el hombro a su abuelo.

–Ah, por cierto, Paul es su hermano, no su hijo –confesó Zach–. Y también tiene otra hermana de dieciocho años que se llama Megan. Los dos están al cuidado de Susan desde hace cuatro años.

–Es una buena chica –repitió Pete, sonriendo a Zach.

Este asintió y luego salió del cuarto. Deseó que su abuelo estuviera efectivamente recuperado del todo. Pero todavía no podían estar seguros.

Durante las horas siguientes, se divirtió como hacía mucho tiempo que no hacía. Después de recoger a Paul y Manuel, se fueron todos a un centro comercial. Los dos chicos se quedaron de piedra cuando descubrieron que Zach tenía intención de comprarles algo de ropa.

Aunque no fue una tarea fácil.

–No creo que debamos comprar más de una camisa –dijo Paul con gesto serio cuando Zach sugirió que eligieran unas cuantas camisas cada uno.

–¿Por qué no?

–Porque no creo que le guste a Susan.

Zach frunció el ceño.

–¿Y por qué no le va a gustar?

–No sé, pero siempre que la tía Kate y la tía Maggie quieren comprarme varias cosas, Susan les pide que solo me compren una.

Zach no quiso llevar la contraria al pequeño.

–Está bien. ¿Qué os parece entonces si os compro unos pantalones vaqueros, una camisa y unos zapatos? Aunque quizá también os gustaría tener un sombrero como el mío para cuando vengáis al rancho.

Paul respondió que le parecía una buena idea, pero entonces Manuel dijo que no podía aceptar dinero de extraños. Zach pensó para sí que nunca le había resultado tan difícil gastarse el dinero. Finalmente pudo convencerlos.

La compra que más disfrutó fueron los sombreros y las botas de vaquero para cada uno.

–Pero yo no podré ir al rancho –le susurró Manuel a Paul.

–Paul quizá quiera invitarte –le dijo Zach al niño–. ¿Es que no te gustaría ir con Paul? ¿No te gustaría ver los caballos y las vacas?

–Me encantaría –contestó el niño con una sonrisa–. Y Paul dice que tienes perritos también...

–Así es. Y a los perritos los encantan los niños –dijo, revolviéndoles el pelo. Zach pensó que le gustaba tener críos a su alrededor.

–Estoy pensando que durante el próximo mes puede hacer ya frío en el rancho, así que será mejor que compremos un par de cazadoras de esas que hay ahí.

Los niños, una vez convencidos de que Susan y Rosa no se enfadarían con ellos, estaban disfrutando mucho con las compras.

–Parece que estemos en navidades –comentó Paul, apretando los paquetes contra su pecho–. ¿Podemos comprarle algo a Susan? Como Megan y yo no solemos tener dinero, nunca le podemos regalar nada.

–Buena idea, Paul –respondió Zach, pensando en que todavía no le había hecho ningún regalo de boda. Y aunque quizá a ella no le gustara, a su abuelo seguro que sí.

Así que salieron del departamento de niños y se dirigieron a una joyería. Entre los tres, eligieron un brazalete de diamantes que le iría perfectamente a la delicada muñeca de Susan.

Luego, metieron todos los paquetes en el maletero del coche y pusieron rumbo al apartamento. Susan ya los estaba esperando en el pasillo cuando terminaron de subir las escaleras cargados de paquetes.

–Vaya, ya habéis llegado. Ya estábamos preocupadas... –los reprendió. Luego, al ver las compras, se quedó con los ojos abiertos de par en par.

–¡Cielo santo! ¿Qué es todo esto?

Capítulo 6

SUSAN no podía creer lo que estaba viendo. Mientras dejaban los paquetes en el suelo, ella se quedó observándolos gravemente, esperando una respuesta.

—Hemos estado de compras —comentó desenfadadamente Zach—. Pensé que a los chicos les vendría bien un poco de ropa.

—No hemos hecho nada malo, Susan —añadió Paul—. Zach solo nos ha comprado una cosa de cada. Su abuelo nos comprará el resto.

Susan pensó que él restaría la suma gastada del cheque que tenía que darle. Así que esperaba que al menos les hubiera comprado cosas prácticas.

—Está bien. ¿Os habéis divertido, entonces? —preguntó, sonriéndoles.

—Oh, mucho. ¡Mira qué sombrero! —exclamó Paul con un gesto—. Zach dice que los necesitaremos para cuando vayamos a su rancho.

—Yo también voy a ir al rancho —añadió Manuel.

—Eso es estupendo. Seguro que lo pasáis muy bien allí —comentó con voz alegre Susan.

Luego, se volvió hacia Zach y la sonrisa desapareció de sus labios.

—Tenemos que hablar.

—¿Es que pasa algo? ¿No habrán llamado del hospital?

—No, no es eso. Manuel, tu madre está esperándote —Susan esperó a que el niño entrara en su casa. Luego, se volvió hacia Paul–. ¿Por qué no te llevas todos estos paquetes a tu habitación, cariño?

–¿No quieres ver lo que me ha comprado Zach antes? –preguntó el pequeño con ansiedad, como si notara que su hermana estaba disgustada.

–Oh, sí, claro, enséñamelo.

Entraron al apartamento y se sentaron en el salón. Paul desempaquetó todos los regalos en unos instantes.

–Has elegido muy bien, Paul. Toda esta ropa te vendrá muy bien para ir al colegio este año –dijo con sinceridad, aunque seguía resentida con Zach por el retraso y por haberlos llevado a comprar a esas tiendas tan caras que mostraban las bolsas.

–Bueno, ahora voy a llevar todo a mi cuarto –comentó el niño con una sonrisa.

Susan se alegró de haber podido disimular su enfado con Paul, pero tan pronto como se quedaron solos, cambió la expresión de su cara.

–¿Me vas a decir qué es lo que te pasa? –preguntó Zach al fijarse en su cambio de humor–. ¿Es que estás celosa?

Ella se sintió invadida por la ira.

–¡Pues sí! No me gusta que te hayas gastado mi dinero sin consultármelo antes y lo cierto es que me hubiera gustado, al menos, ver la expresión de Paul mientras comprabais todas estas cosas.

–¡Estas cosas no se las he comprado con tu dinero! –protestó él.

–Por supuesto que sí. ¿Cuánto te has gastado?

–No te importa.

Ella cerró los ojos y luego los volvió a abrir.

–Por supuesto que sí que me importa. No voy a permitir que pagues todo esto de tu bolsillo. Así que dime cuánto te ha costado.

Zach comenzó a pasear de un lado para otro del pequeño salón.

–No voy a dejar que me des nada. Me pareció que a Paul le vendría bien algo de ropa. Eso es todo.

–¡Qué generosidad! Si me hubieras dicho que te daba vergüenza ir con él así vestido, habría intentado conseguir una canguro para que se quedara con él fuera como fuera –dijo llena de rabia.

Ese hombre no parecía darse cuenta de lo diferente que eran sus vidas. De que, a diferencia de ella, él podía permitirse el lujo de gastar el dinero que quisiera.

–¡No vuelvas a decir eso! En absoluto me da vergüenza ir con Paul. Me parece un chico maravilloso.

Ella se emocionó al oírlo hablar así, pero no quería dejarse convencer.

–Mira, te agradezco la intención, pero insisto en que voy a ser yo quien pague todo esto. Excepto quizá las botas y el sombrero.

–¿Es que no te gustan?

–No es eso. Es que no me parecen cosas útiles para que el muchacho las lleve al colegio.

–Pues yo sí que llevaba botas y sombrero de vaquero.

La imagen que apareció en la mente de Susan de un Zach niño vestido de vaquero le resultó de lo más dulce y le quitó parte del enfado, pero aun así no se quiso dar por vencida.

–Es que tú no fuiste al colegio en Kansas.

–Es cierto, pero quizá tú deberías pensar en mudarte a otro lugar. Este no es un buen barrio para un niño.

Se le ocurrieron varias respuestas, pero Susan las dejó todas a un lado. ¿Pensaría Zach que ella no sabía bien los peligros que encerraba vivir en un barrio así? Él no tenía ni idea de lo mucho que se preocupaba por sus hermanos.

–Bueno, ¿me vas a decir de una vez cuánto te debo?

Antes de que él pudiera contestar, alguien llamó a la

72

puerta. Susan la abrió, intuyendo que sería Rosa. Esta tenía una expresión preocupada en el rostro.

–Susan, Manuel dice... quiero decir, lo siento, pero no puedo pagar to... iré pagando cada mes un poco hasta que...

Zach se acercó a ella.

–Por favor, la ropa es un regalo mío y de mi abuelo. No tiene que darme nada.

–Pero son cosas caras –protestó Rosa con los ojos abiertos de par en par y los labios temblorosos–. Y nosotros no podemos comprar nada así para sus hermanos pequeños.

–Rosa –intervino Susan, tomando las manos de su amiga–. Está bien. Tómalo como que son un regalo de Navidad.

–¡Pero si es agosto!

Susan esbozó una sonrisa.

–Di a los niños que Santa Claus ha venido este año muy pronto porque tiene que hacer muchas paradas.

Después de eso, Rosa volvió a darle a Zach varias veces las gracias antes de irse a su apartamento.

–Nunca he tenido tantos problemas por regalar algo –protestó Zach. Luego, se metió la mano en el bolsillo de la chaqueta y sacó una caja estrecha–. Será mejor que te dé también esto a ti. Tienes que llevarlo para que lo vea el abuelo.

–¿Llevar qué? –preguntó, observando suspicazmente la caja.

Él tomó la mano izquierda de ella.

–¿Dónde está tu anillo de boda?

–En mi bolso. Lo puse allí esta mañana, porque no esperaba...

–Tengo que arreglar la medida, pero lo haré mañana. Ponte esto –el hombre le dio la caja.

A Susan le pareció que, si abría la caja, se implicaría más en la mentira. Pero la mirada fija de Zach le impidió cualquier escapatoria. La destapó y descubrió una caja más pequeña dentro. Cuando la abrió, vio una pulsera de diamantes.

Inmediatamente, cerró la caja y se la devolvió a Zach.

–Susan, mi abuelo se imaginará que te he hecho un regalo de boda. Y si averigua que no es así, descubrirá que el matrimonio no es verdadero –explicó, dándoselo de nuevo.

–O sea, ¿que solo es una prueba más? Y cuando se acabe todo, te lo devolveré, ¿no?

Él no la miró.

–Claro, así es. Pero esta noche tienes que ponértela para ir al hospital.

–De acuerdo, pero tú me la guardarás hasta que vayamos al hospital.

–¿No quieres llevarla a la cena de tu hermana?

–¡No! Ellas saben que el matrimonio no es real. No sería apropiado que llevara una pulsera de diamantes... ¡No! No quiero llevarla hasta que sea necesario.

Zach volvió al hotel para ducharse y cambiarse de ropa para la noche. Estaba muy enfadado. Había regalado anteriormente diamantes a otras mujeres, en particular a su esposa, y siempre habían mostrado un gran entusiasmo por ello.

Nunca habían tratado de devolverle el regalo.

Y todo porque él había comprado unas cuantas cosas de ropa a los chicos. Era completamente absurdo. Aunque había comprendido que los regalos para el chico de la vecina estaban menos justificados. Y además, Rosa le había dicho que tenía otros dos hijos menores que Manuel y que no habían recibido nada. Zach había comprendido el apuro de la mujer, pero no había podido darle dinero en ese momento. Habría sido de mala educación.

Susan, su familia y sus vecinos eran, definitivamente, una experiencia nueva para él.

Cuando volvió al apartamento, Paul y Susan ya estaban preparados para salir. Paul llevaba puestas algunas
de las cosas nuevas. Susan se había cambiado y se había
puesto un traje azul claro de punto. El mismo que llevaba cuando él la había conocido.

Estaba muy guapa. Como siempre.

La pulsera de diamantes y el anillo de bodas habrían
añadido un toque de elegancia a su indumentaria, claro,
pero no los llevaba y Zach volvió a sentirse disgustado.

–¿No puedes, por lo menos, llevar el anillo a casa de
tu hermana?

Ella dudó, pero finalmente abrió el bolso y se lo
puso.

–Temo que se me pueda caer.

Paul habló desde el asiento trasero del coche.

–¿Estarán Ginny y James esta noche, Susan?

–¿Más familia? –preguntó Zach, irritado por que
toda esa gente insistiera en conocerlo.

Como si la boda fuera real...

–Sí, Paul. Son los hijos de Maggie y Josh –explicó a
Zach.

Después de esa breve explicación, se quedaron en silencio hasta llegar a la entrada de la casa.

–Es bonita –comentó Zach–. ¿En qué trabaja el marido?

–Es el dueño de Hardison Enterprises. Y Josh tiene
una empresa de seguridad. Él y Maggie viven por aquí
cerca también.

Zach no dijo nada, pero quiso preguntar por qué Susan estaba viviendo en un barrio tan pobre cuando sus
parientes tenían, aparentemente, una buena posición
económica.

Después de que entraron en la casa y se hicieron las
presentaciones, Susan se puso a hablar con otras muje-

res en la cocina. Paul se fue arriba a jugar con sus primos y Zach se quedó hablando en el salón con dos hombres.

Después de un rato de charla, Zach se decidió a preguntar lo que le llevaba un rato preocupando.

—Espero que disculpen mi intromisión, pero me gustaría preguntarles algo. ¿Por qué Susan vive en un apartamento tan pobre cuando ustedes no tienen problemas de dinero?

Zach no sabía cuál iba a ser la reacción de ellos, pero desde luego no esperaba que se rieran.

Will Hardison se volvió hacia su cuñado, Josh.

—Está claro que no conoce bien a Susan.

Josh hizo un gesto afirmativo.

—Tienes razón. Si la conociera, no preguntaría eso.

—¿Por qué no?

—Nada más conocerla, Kate y Maggie trataron de repartir lo que tenían con Susan. Pero ella no quiso nada.

—Desde entonces —continuó Josh—, hemos tratado todos de ayudar a Susan, pero es demasiado cabezota y orgullosa. Planeamos pagar el alojamiento de Megan en la universidad y se lo dijimos a Susan esta semana, pero nos dijo que no. Incluso le hemos ofrecido una casa, pero no quiso. Las tres hijas de Mike O´Connor son muy cabezotas.

—¿Cómo es que se conocen solo desde hace dieciocho meses? Susan es muy reservada con su pasado.

—La madre abandonó a Mike después de estar con él seis meses. Era una mujer muy poco estable —explicó Josh—. Nunca le habló de Susan.

—Entonces, ¿Mike no es el padre de Megan y Paul?

—No. Y no sabemos quiénes son sus padres.

—¿Sus padres?

—Megan y Paul no tienen el mismo padre. Eso Susan lo sabe con certeza, pero no sabe nada más. Yo lo descubrí porque hice averiguaciones. A Susan no le gusta mucho hablar de su vida, pero creo que ha debido de ser muy dura.

Zach frunció el ceño. Seguía descubriendo cosas que le hacían admirar a Susan.

—Si encuentras un modo de sacarla de aquel agujero al que llama casa, le compraremos una nueva casa con mucho gusto —añadió Will, mirando a Zach.

Él se puso rígido.

—No necesito ayuda financiera para cuidar a Susan, pero, igual que a vosotros, no me ha dejado ayudarla demasiado.

Los otros dos hombres afirmaron solemnemente, comprendiéndolo. Lo cual ablandó a Zach, al que le resultó agradable descubrir que ellos pensaban lo mismo que él.

Susan se sorprendió al ver lo rápidamente que se habían hecho amigos. Los seis adultos cenaron en perfecta armonía. Los niños se quedaron en la planta de arriba con una niñera que trabajaba para Kate y Will.

—El anillo es precioso, por cierto —comentó Kate en un momento de la conversación.

Susan se sonrojó y escondió automáticamente la mano en el regazo.

—Gracias.

—¿No te gusta? —quiso saber Maggie.

—Claro que sí. Es solo que... como el matrimonio no es real...

—¿La ceremonia fue falsa? —preguntó Will.

—¡No! —replicó Zach—. La ceremonia fue legal y la ofició el sacerdote de la familia —luego, se encogió de hombros—. Además, Susan firmó un documento prenupcial en el que se aclaraban los términos del matrimonio.

Will soltó una exclamación y Susan y Zach lo miraron.

–Lo siento. Es porque Kate y yo también firmamos un documento prenupcial y mira lo que nos ha pasado.

–Sí, ya sé lo que quieres decir –admitió Josh.

Susan se sintió incómodo ante la mirada cálida que dirigió a su esposa.

–¿Qué abogado tienes, Susan? –preguntó Kate.

–¿Abogado? No tengo ningún abogado –aseguró a su hermana.

No entendía cómo su hermana le preguntaba algo así.

–¡Oh, Dios! Deberías haber llamado a uno. ¿Tú lo sabías Zach?

–No hubo tiempo –contestó, encogiéndose de hombros.

–Entonces, el documento probablemente no valga –intervino Will–. Por lo menos, es lo que me dijo mi abogado.

Zach se quedó mirando a Susan. Luego, miró a Will.

–No creo que Susan lo rompa.

–Bueno, está bien que confiéis el uno en el otro –contestó Will con una sonrisa.

Kate abrió la boca para protestar, pero Will hizo un gesto y la mujer cambió de tema.

Después de cenar, Susan y Zach fueron arriba para despedirse de Paul. Poco después, salieron para el hospital. Podían ir a cualquier hora, pero el abuelo estaría ya demasiado cansado si llegaban muy tarde.

–Zach, quiero que sepas que respetaré el documento que firmamos, pero si quieres que hagamos otro para que sea legal, lo haré, por supuesto –murmuró Susan en el coche.

Zach la miró de reojo.

–No creo que sea necesario. Sé que no harás nada que pueda herir al abuelo.

–No, por supuesto. ¿Cómo está hoy?

–Mucho mejor.

Susan notó que Zach no estaba de muy buen humor.

–¿Ha pasado algo?

–No. Y a propósito, me ha caído muy bien tu familia.

–Sí, son muy agradables, ¿verdad?

–¿Por qué no dejas que te ayuden?

–¿Ayudarme? Me ayudan todo el tiempo.

–Me refiero a por qué no dejas que te ayuden a cambiarte de vivienda.

Susan se mordió el labio inferior.

–Yo soy la responsable de Megan, Paul y de mí misma. Ellos no tienen por qué cuidar de nosotros. Mi madre era una irresponsable, pero yo no lo soy.

–Por lo que me han dicho, Megan y Paul son hijos de diferentes padres.

–Creo que esta noche has averiguado unas cuantas cosas. No sabía que Will y Josh te iban a confesar los secretos de la familia.

Susan pensó que tendría que hablar con ellos antes de que volvieran a encontrarse con Zach.

–Salió por casualidad en la conversación. Aunque ya sé que tú no has querido darme muchas explicaciones acerca de tu pasado.

–No sabía que hacerte saber mi vida personal fuera parte de nuestro acuerdo. Acepté ser tu prometida por un tiempo, pero no acordamos nada acerca de que tú fueras a convertirte en mi confesor.

Su tono de voz fue algo más seco del deseado, pero no le gustaba lo que había sucedido aquella noche.

–Cuando estemos con el abuelo, espero que no parezca que nos hemos peleado. Si no, nuestra visita no servirá para nada.

–Claro que no –dijo ella, dando un suspiro profundo.

No quería disgustar al anciano ni causarle ningún pesar.

Media hora después, Susan mantuvo su promesa. Sentada en el borde de la cama del anciano, le enseñó la

pulsera de diamantes y dirigió a su guapo marido varias
miradas llenas de cariño y complicidad.

–No solo me ha comprado regalos a mí, sino que
también se llevó a Paul y a su amigo Manuel de compras. Tenías que ver a Paul con su sombrero de vaquero.
¡Se pone de lo más orgulloso!

–Muy bien. Parece que tu hermano y tú necesitáis
que os mimen un poco –replicó Pete, sonriendo al
tiempo que la tomaba de la mano.

–No, abuelo. Creo que esto más que mimar es mal-
criar. Tengo que convencer a Zach para que no malgaste
más dinero en nosotros.

–Yo gastaré dinero en mi nueva familia cuando me
apetezca –protestó Zach inmediatamente.

–Claro que sí, hijo. Eso es lo que hace un marido, se-
ñorita. Su deber es cuidarte y comprarte cosas.

A pesar de sus buenas intenciones, Susan no podía
aceptar tanta generosidad.

–Pero Paul y Megan son responsabilidad mía, no de
Zach.

Zach colocó una mano sobre su hombro.

–Hablaremos de esto más tarde, cariño. No quiero
meter al abuelo en nuestros pequeños desacuerdos.

–Por supuesto que no. Aunque lo cierto es que rara
vez discutimos, ¿verdad, amor mío?

Susan notó el ligero tono de ironía en las últimas palabras.

–¿Cuándo os vais a mudar al rancho? Ese chico necesita gastar las botas cuanto antes.

Susan estuvo a punto de gritar. Mudarse al rancho no
era parte del acuerdo, ¿verdad?

Zach contestó antes de que ella lo hiciera.

–Vamos a esperar hasta que tú te pongas mejor. Es
más fácil visitarte estando aquí.

–Pero, ¿cómo va a mantenerse el rancho sin estar
ninguno de los dos?

–Abuelo, ya conoces a los muchachos, son muy trabajadores. Yo llamo allí todos los días y Jesse me mantiene informado.

Mientras hablaba, Zach seguía con las manos sobre los hombros de Susan, que escuchaba en silencio a los dos hombres hablar sobre el rancho.

–Bueno, yo sigo pensando que deberíais iros al rancho. Tenéis, además, que inscribir a Paul en la escuela. Hablé con Hester por teléfono y ya tiene preparada una habitación para él. La que tú usabas de pequeño, Zach.

–Esa será perfecta para él. Aunque no sé si se acostumbrará a vivir sin Manuel. Son muy amigos.

–Puede invitarlo para que pase con nosotros los fines de semana –sugirió Pete–. Todo sea por que Paul sea feliz. Lo has educado muy bien, Susan.

–Gracias, abuelo. ¿Ha venido hoy el doctor?

–Sí, varias veces. Demasiadas. Hoy me hicieron muchas pruebas. Les dije que no me hacían falta, pero no me hicieron caso.

–¿Por qué te hicieron esas pruebas? ¿Te dolía algo? –preguntó Zach, inclinándose sobre la cama de su abuelo y, a la vez, acercándose más a Susan.

Ella tragó saliva, incapaz de concentrarse en nada debido a la proximidad de Zach. Así que le vino bien que le preguntara a Pete por su tratamiento. Aunque lo cierto era que el cuerpo de Zach le resultaba inquietante, y al mismo tiempo... extrañamente reconfortante.

–No, no me duele nada. Me siento muy bien.

Eso tranquilizó a Zach, que volvió a ponerse derecho, apartándose así de Susan. La muchacha respiró aliviada, a pesar de la sensación desagradable que sintió al mismo tiempo.

–Bien. Yo también pensaba que estabas recuperándote.

En ese momento, como si los hubiera oído, se abrió la puerta y apareció el doctor.

–Buenas noches, Pete, señor y señora Lowery. ¿Cómo están?

–Muy bien, doctor. ¿Cómo está el abuelo? –preguntó Zach.

–Me alegra decirle que se está recuperando bastante bien. Es más, está tan bien que estamos pensando en operarlo para que pueda vivir felizmente varios años más –el doctor esbozó una sonrisa amplia–. Está tan bien, que si no tienen nada en contra, lo operaremos mañana mismo por la mañana y en dos días podrá volver a casa.

–¡Caramba! –exclamó Pete–. Haz las maletas, Susan. ¡Nos vamos todos a casa!

Capítulo 7

ZACH y Susan salieron de la habitación de Pete Lowery y caminaron por el pasillo del hospital tomados de la mano. Él notaba el temblor de las manos de Susan entre las suyas. Se imaginaba que sería por la sorpresa.

Zach comprendía el estado de Susan. La había hecho creer y él mismo había creído, que a su abuelo le quedaba muy poco tiempo de vida. Pero el doctor les acababa de decir que estaba tan bien, que podían operarlo y limpiarle las arterias para que el hombre gozara de varios años más de buena salud.

Zach abrió la puerta del coche para que entrara Susan. Una vez que él se puso detrás del volante, Susan no perdió tiempo y lo miró fijamente a los ojos.

–¿Qué vamos a hacer?

Él se quedó pensativo unos segundos. Después de todo, él no tenía ningún derecho a pedirle a Susan que cambiara su vida por completo. Aunque por su abuelo, tendría que hacerlo.

–¿Sería tanto esfuerzo para ti vivir en el rancho?

Susan tenía las manos entrelazadas en el regazo.

–¿Lo dices en serio? ¿Esperas que saque a Paul de su casa y me vaya a vivir contigo? –preguntó, apartando la mirada.

–Caramba, Susan, sé que te estoy pidiendo algo complicado, pero, ¿qué puedo hacer? No te estoy pidiendo que te quedes para siempre, pero sí por lo menos hasta que él se recupere de la operación.

Zach contuvo el aliento mientras Susan recapacitaba.

–¡Vaya lío!

–Sí, pero te puede venir bien económicamente. Si tú y Paul os quedáis hasta que termine el curso en mayo, os supondrá nueve meses, al menos, sin tener que pagar alquiler, ni comida, ni ningún otro gasto. Así que puedes ahorrarte todo ese dinero.

–Sí, pero... ¿pero cómo se lo voy a explicar a Paul? ¿Cómo le voy a decir que puede disfrutar de un año de estancia en el rancho, pero que al final de curso nos iremos de allí? ¿Cómo voy a decirle que tenga cuidado y que no haga amigos allí porque pronto tendrá que dejarlos?

–Lo superará. Muchos niños tienen que cambiar de curso cada año.

–Gracias por tu preocupación –le replicó ella con un tono sarcástico.

–Que Paul tenga que dejar a sus amigos no es nada comparado con la muerte de mi abuelo –odiaba ser tan brutal, pero estaba diciendo la verdad.

Además, él trataría de que Paul no sufriera.

Susan hizo un gesto, pero no dijo nada más hasta que llegaron a la entrada de la casa de Kate y Will.

–Por favor, no le digas nada todavía. Lo tengo que pensar.

Zach se quedó en el coche esperando a que ella volviera con Paul. Se quedó pensando en qué haría si ella no aceptaba. Su abuelo se quedaría destrozado y, por muy extraño que pareciera, a él también le dolería separarse de Susan y Paul. Lo cierto era que no había contado con que fuera a sucederle aquello.

Susan volvió, llevando de la mano a Paul, al que ayudó a meterse en el asiento trasero.

–¿Cansado, amigo? –le preguntó Zach.

–Sí, tengo sueño.

–Siento que hayamos llegado tan tarde. El abuelo te manda un beso.

–¿Está mejor?

Zach y Susan se miraron.

–Sí, está mucho mejor. Puede que vuelva a casa dentro de dos días.

–¿Te irás con él?

–Sí.

–Te echaré de menos.

La tristeza en la voz del niño emocionó a Zach.

–Bueno, podemos seguir viéndonos.

–Ya hablaremos de ello más tarde –intervino Susan–. Cierra los ojos o mañana estarás demasiado cansado para jugar con Manuel –luego, miró a Zach.

Susan estaba hecha un verdadero lío. Quería hacer lo mejor para ambos, Paul y Pete Lowery, pero se daba cuenta de que eso era casi imposible.

Mientras Zach los llevaba al apartamento, Susan no pudo dejar de pensar en ello. Cuando llegaron al último escalón, oyeron la voz de Rosa gritando. Susan hizo un gesto a Zach para que tomara al niño.

–Toma las llaves y espérame en casa. Quiero ver qué le pasa a Rosa.

–¿Quizá la abuela está mala? –sugirió Paul nervioso, observando a su hermana mientras esta llamaba a la puerta de la vecina.

La puerta se abrió y salió la mujer con los ojos rojos y el rostro bañado en lágrimas.

–¿Qué te pasa, Rosa?

–Pedro ha perdido su trabajo. Han cerrado el negocio y ni siquiera le van a pagar la última semana de trabajo. Ha estado buscando toda la tarde algo, pero no hay nada. ¡Oh, Susan, no creo que el casero nos deje quedarnos mucho tiempo!

–¡Oh, no! –exclamó Susan, abrazando a su amiga–. Escucha, tengo un poco de dinero extra este mes...

–¡No! No podemos aceptar tu dinero. Ya... encontraremos algo. Si no, nos iremos a vivir con mi suegra –al decir las últimas palabras, comenzó a llorar de nuevo.

Susan entendía bien a su amiga, pero no se le ocurría nada que decirle.

–¿Qué tipo de trabajo hace su marido?

Ambas miraron sorprendidas a Zach. Susan dejó que contestara Rosa.

–Es carpintero y como viene el invierno... –Rosa cesó de hablar y enterró el rostro en el delantal.

–¿Carpintero? ¿Está en casa?

–Sí, pero ahora mismo está de muy mal humor. No creo que...

–Quizá tenga trabajo para él –continuó Zach con calma.

Rosa y Susan miraron a Zach y, luego, se miraron entre ellas.

–Llama a Pedro –dijo Susan.

Tan pronto como Rosa desapareció, ella se volvió a Zach.

–Pedro es buen trabajador. Sería maravilloso que pudieras darle trabajo.

–Veremos. Depende de la experiencia que tenga.

Antes de que a Susan le diera tiempo de decir nada más, Rosa reapareció con Pedro. El hombre parecía destrozado.

–¿Pedro? Soy Zach Lowery –se presentó, extendiendo la mano–. ¿Por qué no vamos a dar un paseo mientras le hablo sobre un trabajo que quizá pueda interesarle?

Pedro, en silencio, bajó las escaleras detrás de Zach. Rosa agarró la mano de Susan.

–Oh, Susan, ¡si fuera verdad! ¿Crees que lo contratará?

–No lo sé, Rosa. Solo podemos esperar y confiar. Podemos acostar a Paul –dijo, volviéndose hacia el niño, que estaba en la puerta, mirándolas–. ¿Está ya Manuel dormido?

–Sí. No le hemos contado nada, pero se ha dado cuenta de que pasaba algo y está un poco triste –Rosa apretó las manos de su amiga–. Me da miedo confiar demasiado en la propuesta de Zach.

–Quédate aquí. Yo iré a acostar a Paul y en seguida vuelvo.

Susan tomó a su hermano pequeño de la mano y lo ayudó a acostarse, diciéndole que no se preocupara. Luego, le dio uno de los cuentos nuevos y lo dejó solo. Seguidamente, volvió a la entrada y se sentó en las escaleras con Rosa.

Las dos esperaron en silencio. No tenían nada que decirse, pero ambas sabían que estaba sucediendo algo que podía cambiar el futuro de Rosa.

Cuando los dos hombres reaparecieron, Rosa apretó la mano de Susan tan fuerte, que esta pensó que iba a desmayarse. Luego, Rosa no pudo reprimir un sollozo al mirar a su marido. Había cambiado. Tenía la cabeza alta y los hombros rectos.

–Rosa, el señor Lowery me ha ofrecido trabajo, pero tenemos que irnos a vivir a su rancho. Dice que tendríamos vivienda y que yo tendría que ocuparme de construir unos establos y del mantenimiento en general. El señor Lowery me dará las herramientas y me pagaría quinientos a la semana y la comida para los tres.

Susan sabía que aquella cantidad era casi el doble del último sueldo de Pedro.

Rosa dio un suspiro.

–¿Cuánto nos costaría la casa? –susurró.

Ella había hablado en varias ocasiones de compartir una vivienda con Susan.

–La casa está incluida en el trabajo –respondió Zach

con una sonrisa–. Es parte del salario. Aunque quizá tú no quieras vivir en el campo. No hay muchas tiendas allí, desde luego.

–La verdad es que no tenemos coche, pero quizá haya un autobús para que pueda ir a la compra, ¿no? –preguntó Rosa emocionada.

–No, pero Pedro podrá llevarte de vez en cuando a la ciudad. O también te puede llevar Hester. Es más, si tú tienes carné de conducir, puedes llevar tú a Hester. Ella ya no tiene buena vista. Si tú también quieres trabajar, a Hester quizá le venga bien una ayuda.

–¡Oh! –exclamó Rosa, incapaz de creer en su suerte–. Claro, eso sería maravilloso. Muchas gracias, no tengo palabras...

–Pedro y tú me haréis un gran favor. Voy a necesitar más ayuda en el rancho ahora que el abuelo tendrá que descansar. Y Hester tiene más de sesenta años. Vais a tener que trabajar mucho.

Pedro le dio la mano afectuosamente.

–¿Cuándo empezamos? –preguntó con impaciencia.

–¿Cuánto tiempo necesitaréis para mudaros?

–Tenemos el alquiler de la casa pagado hasta el viernes –contestó Rosa.

–Os mandaré a alguien con una camioneta para que os ayude para el viernes, ¿os parece bien? –mientras hablaba, Zach sacó de su bolsillo un talonario de cheques–. Os pagaré la mudanza. Aquí va una semana de adelanto para pagar los gastos que necesitéis.

Ambos, Rosa y Pedro, le dieron de nuevo las gracias.

–Quizá es mejor que esperéis a ver la casa, Rosa –añadió Zach–. Solo tiene tres dormitorios.

–¿Tres? ¡Tres dormitorios! ¡Estupendo!

Zach tomó a Susan de la mano y la llevó hacia su casa.

–Me alegro de que estéis tan contentos. Os telefonearé

para deciros a qué hora vienen el viernes con la camioneta.

–Buenas noches, Pedro, Rosa –dijo Susan, adivinando los deseos de Zach–. Os mandaré a Paul ma...
–de repente, Susan se dio cuenta de que se había quedado sin nadie que cuidara de su hermano. ¿Qué iba a hacer con él?

–¡Oh, Susan, no me había dado cuenta! –gritó Rosa.

–¿Qué pasa ahora? –quiso saber Zach.

–¿Quién va a cuidar de Paul? Yo ya no estaré aquí –explicó Rosa.

–No os preocupéis –dijo Susan, forzando una sonrisa–. Ya encontraré a alguien. Todo saldrá bien.

Zach abrió la puerta del apartamento de Susan y Paul.

–Quizá tenga solución también para eso, no te preocupes, Rosa.

Cuando entraron en la casa, Susan se soltó de la mano de Zach y se cruzó de brazos. Rosa había estado cuidando de Paul y de Megan desde hacía cuatro años.

–Tengo una solución –repitió Zach–. Una que le encantará a Paul.

–¿Irnos a vivir al rancho?

Zach asintió.

–Así él y Manuel vivirán cerca y Rosa seguirá cuidándolo, junto con Hester. La única que vas a trabajar más vas a ser tú, que tendrás que hacerte cincuenta millas cada día para ir a trabajar... si es que quieres seguir trabajando.

–¡Pues claro que quiero seguir trabajando! No podría ahorrar nada de dinero si no siguiera trabajando.

–Como mi esposa, recibirías... una especie de sueldo.

–No, no lo permitiría.

–¿Eso quiere decir que te vienes a vivir conmigo?

Ella le dio la espalda.

–No lo sé todavía. ¿Puedo contestarte mañana?

Zach colocó las manos sobre sus hombros y la hizo darse la vuelta.

–Sí. ¿Vendrás mañana por la mañana conmigo al hospital a ver al abuelo?

–Sí. Le dije a Kate que llegaría tarde, pero tengo que decirle a Rosa que le llevaré a Paul temprano –al decir eso, recordó la generosidad de Zach–. Oh, Zach, decida lo que decida, muchas gracias por lo que has hecho por ellos. ¡Ha sido estupendo!

–¿Incluso si te robo a la mujer que cuida de Paul?

Ella sintió como si le hubieran dado una bofetada.

–¿Crees que me interpondría solo para que Rosa pudiera seguir cuidando de Paul?

Las manos de Zach bajaron por los brazos de Susan, dejándola una agradable sensación.

–Oye, estaba solo bromeando. Quizá no te conozca muy bien, pero sé que no harías algo así.

Susan, halagada, se relajó un poco, para sentirse de inmediato otra vez nerviosa al sentir las manos de él.

–Calla –ordenó Zach, esbozando una sonrisa–. Solo te quería dar las gracias por esta noche. Sé que tuvo que resultarte muy difícil no decir nada cuando mi abuelo nos comentó lo de irnos al rancho. Te comportaste maravillosamente.

El cuerpo duro de él era demasiado tentador y Susan no pudo resistirse y apoyó la cabeza sobre su pecho.

–Estoy tratando de hacer lo correcto, Zach –susurró–. El problema es que es muy difícil saber lo que está bien en esta situación.

Los brazos de él la apretaron un poco más.

–Creo que a Paul le vendría bien tener cerca otros hombres. Es duro para los niños vivir solo con mujeres.

–¡Hago lo que puedo!

–No te estoy criticando –entonces, como si descu-

briera una tentación demasiado dulce, cubrió los labios
de ella con los suyos.

Susan había deseado y temido a la vez ese momento.
Había pensado muchas veces en lo que sentía cuando
Zach la tocaba. Aquellos besos compartidos la habían
sorprendido por su intensidad.

Y en esos momentos, estaba sucediendo de nuevo.

Rodeó el cuello de él con sus manos y apretó su
cuerpo contra el de él. En los brazos de Zach sentía una
excitación desconocida. Y a pesar de la excitación, se
sentía segura... completa, como nunca le había ocurrido
antes.

Lo cual era mucho más peligroso.

¿Era así como su madre se había sentido cada vez
que se había ofrecido a un hombre? Tratando de no re-
petir los errores de su madre, ella había decidido hacía
mucho tiempo que no buscaría seguridad en un hombre.
Que sería una mujer independiente y fuerte.

Pero temía que Zach la debilitara.

Se apartó de él y fue hacia la ventana. Pero si creía
que Zach iba a ir a buscarla o a protestar por su aleja-
miento, se equivocó.

–Te recogeré a las siete de la mañana –murmuró con
voz tranquila, aunque con un tono más ronco de lo habitual–. Sé que es algo temprano, pero meterán al abuelo
en el quirófano a las ocho y quiero verlo antes de que le
pongan la anestesia.

Susan se dio la vuelta y lo miró fijamente. Zach parecía estar de lo más sereno. ¿No habría significado
nada aquel beso para él?

Al parecer, no. Tenía una expresión seria, pero se había puesto a hablar de la operación de su abuelo.

–No te preocupes. Estaré preparada.

–Entonces, será mejor que me vaya para que puedas
descansar –sin una palabra más, se dirigió a la puerta y
salió.

Susan permaneció inmóvil unos segundos.

La puerta se abrió de nuevo.

–Ven a cerrar con llave, Susan.

Como una zombi, Susan cruzó la sala. Él se inclinó, rozó sus labios suavemente y cerró de nuevo la puerta.

–Cierra con llave –repitió.

Ella lo hizo y se apoyó en la puerta. Habría deseado que Zach se quedara. Habría querido que no dejara de besarla. No quería quedarse sola.

Pero tenía que acostumbrarse a seguir estando sola, porque la relación con Zach no tardaría en llegar a su fin. De hecho, terminaría el próximo mes de mayo.

Y ella no iba a comportarse como su madre.

Pete Lowery salió del quirófano como nuevo. El doctor le dijo a Zach que podría irse el sábado por la mañana a su casa si todo continuaba igual de bien.

Después de que el doctor dejara la habitación, Zach abrazó a Susan y, con el rostro hundido en el cabello de ella, olvidó todo el miedo sentido desde que se llevaran a su abuelo.

Y también recordó la noche anterior.

De no haberse ido, él habría cometido un gravísimo error. La habría llevado a la cama y le habría hecho el amor hasta el amanecer. No habría podido resistirse.

–Gracias por estar conmigo –susurró en su oído.

Ella lo apartó.

–En cuanto podamos hablar con él, me iré a trabajar. Lo entenderá, ¿verdad?

–Claro. ¿Y Paul? ¿Hablaste con él por la mañana?

–No, lo llevé a casa de Rosa envuelto en una manta todavía con el pijama puesto. Espero que se quedara de nuevo dormido.

–Cuando sepa que Manuel se va a vivir al rancho, se llevará un buen disgusto –le recordó.

–Lo sé. Hablaré con él cuando vaya a casa por mi coche.

–¿Ya has tomado una decisión? –quiso saber.

Zach contuvo el aliento como si la decisión de ella se relacionara con su felicidad.

«¡Qué idea más ridícula!», se dijo.

Era solo por su abuelo por lo que él quería que Susan fuera al rancho. Solo por su abuelo.

–Sí, creo que no tengo otra elección. No solo será bueno para el abuelo, sino también para Paul.

De repente, a Zach se le ocurrió algo que lo dejó intranquilo.

–Susan, te juro que no ofrecí a Pedro el trabajo para obligarte a que te vinieras a vivir allí.

–Lo sé.

Zach se dio cuenta de que, efectivamente, ella confiaba en él. Por lo menos, hasta ese momento. Y no pudo evitar una sensación de felicidad que nació en lo más profundo de su alma y se extendió por todo su cuerpo, haciéndole sentirse, momentáneamente, casi mareado.

Una enfermera entró en la habitación en ese momento.

–¿Señor Lowery? Su abuelo se está recuperando de la anestesia, así que pueden hablar con él si lo desean.

Llegaron a casa de Susan pasadas las doce. Susan, preocupada por Paul, subió las escaleras de dos en dos. Zach hizo lo mismo.

Cuando los dos muchachos abrieron la puerta, Susan se dio cuenta inmediatamente de que Paul estaba destrozado. El niño se agarró a ella y enterró la cara en su regazo.

–Paul, ¿estás bien?

–Manny se va de esta casa. Se va a vivir al rancho –dijo, llorando.

Manuel se quedó mirando a su amigo, confundido entre la emoción de mudarse a una casa mejor y la angustia de dejar a su mejor amigo.

–Creo que es una buena noticia –dijo Susan, contenta de haber tomado ya su decisión.

Paul la miró asombrado.

–¿De verdad?

–Claro. Así tendrás un buen amigo en la escuela.

–No, Susan, no lo estás entendiendo. Manny no estará aquí, se va a vivir al rancho, al rancho del abuelo.

–Tú también, Paul –le aseguró con dulzura y una sonrisa en los labios.

Paul la miró a ella. Luego, miró a Zach.

–¿Voy a vivir con Manny? –preguntó con voz temblorosa.

–Y conmigo y Zach y el abuelo. Todos vamos a vivir este año en el rancho.

Aquello sobrepasaba lo que Paul podía comprender, pero él y Manuel adivinaron lo más importante, que era que no se iban a separar. Y la segunda cosa más importante era que irían a vivir al rancho de Pete. Así que se abrazaron nerviosos.

–¿Qué pasa? ¿Ha pasado algo? –dijo Rosa, apareciendo.

–Oh, mamá. Susan y Paul van a venir a vivir también al rancho –dijo Manuel.

Rosa hizo un montón de preguntas y Susan, sonriente, contestó a todas. Aunque en el fondo tenía miedo del giro que su vida de repente iba a tomar.

–¿Tendrás que venir a la ciudad todos los días? –quiso saber Rosa.

Susan asintió.

–¿Podrá tu coche aguantar tanto viaje?

Susan miró de reojo a Zach, que fruncía el ceño. Pero ella soltó una carcajada alegre.

–Estoy segura de que sí.

–¿Qué coche tienes? –preguntó él.

–Un utilitario –contestó y luego cambió inmediatamente de tema–. ¿No tienes que volver al hospital, Zach? Yo en seguida me iré a trabajar. Dale un beso de mi parte a tu abuelo.

–Lo haré, pero ahora lo que quiero es ver tu coche.

–¿Por qué?

Zach ignoró la pregunta.

–Paul, ¿puedes venir conmigo a la calle y decirme cuál es el coche de tu hermana?

El niño, radiante de felicidad, no dudó.

–Claro, vamos, Manny. ¡El que llegue el último es tonto!

–¡Eso es un juego sucio, Zach Lowery! –protestó Susan.

Pero él no esperó. Guiñó un ojo a Susan y siguió a los niños a la calle.

Capítulo 8

Zach se quedó mirando boquiabierto el viejo utilitario que Paul le señaló. Era prácticamente una pieza de museo, aunque una pieza maltratada.

Oyó la voz de Susan detrás de él y se dio la vuelta.

—¿No haces patinaje sobre hielo con esas ruedas lisas cuando hiela?

—Voy a comprar neumáticos nuevos con el dinero que me has dado —contestó en seguida con la barbilla levantada.

—Unos neumáticos nuevos no van a solucionarte todos los problemas —señaló Zach.

—Es cierto, también tengo que intentar llevarme bien contigo.

—No cambies de tema.

—No te metas en mis asuntos —replicó.

—¿Qué pasa? —preguntó Paul preocupado.

Zach sonrió abiertamente al observar la cara de Susan, que se había dado cuenta de que tenía que cambiar de tono para no asustar a su hermano. Efectivamente, en seguida le aseguró que no pasaba nada.

—Deberías comprarte un coche nuevo —insistió Zach. No podía dejar que Susan condujera cincuenta millas todos los días con esa chatarra.

—No puedo permitirme comprar un coche nuevo —se defendió Susan. Luego, se volvió hacia Paul, ignorando a Zach—. ¿Qué os parece si os venís Manuel y tú a comer conmigo? Luego, os puedo llevar a casa antes de empezar a trabajar.

–¡Genial! Vamos a preguntar a tu madre si puedes venir –le dijo Paul a su amigo.

Los dos muchachos subieron las escaleras a la carrera.

–No sé cómo pueden tener tanta energía –murmuró Zach, observándolos hasta que desaparecieron de su vista.

–Mira, Zach, no quiero que Paul se preocupe, así que no quiero que discutamos cuando él está delante –le previno Susan.

Zach se quedó mirándola fijamente. Luego, se quitó el sombrero, se acercó a ella y la besó. Y mientras sus labios saboreaban los de ella, la atrajo hacia sí, excitándose con la proximidad de sus cuerpos.

–¡Oh, qué bruto! –gritó Paul desde el piso de arriba.

Zach levantó la cabeza y se alegró de que el muchacho los interrumpiera en ese momento, antes de perder por completo el control.

–Ya lo comprenderás cuando seas mayor –le respondió con una sonrisa.

Se puso de nuevo el sombrero, le dio un breve beso y se volvió a su coche.

–Te recogeré a la hora de siempre –le dijo a Susan.

No se quedó a escuchar la respuesta de ella porque no quería darle la oportunidad de buscar alguna excusa. Definitivamente, no quería volver a discutir con ella.

Mientras los niños comían, Susan escuchó en silencio la excitada charla de los pequeños. No paraban de hablar de cómo sería la vida en el rancho.

–¿Crees tú que podremos montar a caballo? –le preguntó Paul a su hermana, abriendo mucho los ojos.

–Pues no lo sé, cariño. Quizá seáis algo pequeños para eso.

–Ya somos suficientemente mayores –aseguró Paul, mientras Manuel asentía.

–Ya veremos.

Después de llevar de vuelta a los chicos a casa de Rosa junto con comida para ella y sus otros dos hijos, Susan trató de concentrarse en su trabajo. Pero no podía quitarse de la cabeza lo mucho que había cambiado su vida. Tampoco podía olvidar los besos de Zach.

–¿Quieres que nos quedemos esta noche también con Paul? –le preguntó Kate, que fue a ver a Susan a su despacho.

–Oh, gracias, Kate, pero va a quedarse con Rosa –Susan le sonrió, pero al momento ocultó la cabeza. No quería contarle a Kate que iba a mudarse al rancho, aunque sabía que tarde o temprano todos se enterarían.

–¿Cómo está el abuelo de Zach?

–Ha salido bastante bien de la operación. Los médicos se muestran optimistas.

Kate no dijo nada, así que Susan levantó la vista.

–Si hay algo que podamos hacer, nos lo dirás. ¿Verdad, Susan? ¿No te irás a olvidar que somos hermanas?

–Claro que no. Tú y Maggie me habéis ayudado mucho –dijo sinceramente con una cálida sonrisa.

–Bien. Y si lo necesitas, tómate unos días de vacaciones.

–Gracias, Kate, pero no creo que lo necesite –Susan se acordó de pronto de que no tardaría en tener que hacer la mudanza. No sabía exactamente cuándo sería, pero el alquiler de su apartamento vencía el sábado. Así que tendría que hablarlo con Zach cuanto antes.

Zach tampoco se había olvidado de ello.

–¿Tu alquiler vence el sábado, como el de Pedro y Rosa? –le preguntó esa misma noche, cuando la fue a recoger.

–Sí.

–Entonces, tendremos que hacer la mudanza mañana.

–No creo que me dé tiempo a recoger todo, Zach. Esta noche tenemos que ir al hospital y mañana tengo que trabajar.

Él se cruzó de brazos y la miró fijamente.

–Estoy seguro de que Kate te dará el día libre si se lo pides.

Ella también estaba segura de que se lo daría, incluso se lo había ofrecido poco antes, pero también sabía qué tendría que contarle todo a su hermana.

–¿Tú que crees? –le preguntó Zach al ver que ella no decía nada.

–Sí, claro que me dará el día libre si se lo pido –admitió, suspirando.

Él se acercó un poco y Susan se puso tensa. No podía pensar claramente estando tan cerca de él.

–¿Qué es lo que pasa?

–Es que no les he contado que nos vamos a mudar al rancho.

–¿Crees que van a preocuparse por ti?

–Yo misma estoy preocupada, así que es normal que ellas también se preocupen.

Él puso las manos sobre los hombros de ella y Susan se retiró, al darse cuenta de que podía verse en problemas de nuevo.

–No... no te acerques, Zach. No podemos...

Para su tranquilidad, él se quedó quieto, aunque siguió mirándola fijamente a los ojos.

–No tienes por qué preocuparte. Todo va a salir bien.

–Es fácil para ti hablar así. Al fin y al cabo, para ti no va a cambiar nada –dijo, tratando de mantener la calma.

Él levantó una ceja.

–¿Tú no conoces mucho a los hombres, verdad?

–¿Qué quieres decir?

–Que voy a tener que estar dándome duchas de agua fría continuamente, estando tú allí. ¿Crees que va a ser fácil para mí?

Ella se sonrojó y trató de cambiar de tema inmediatamente.

–Será mejor que se lo cuente ahora a Kate y que le diga que mañana voy a tomarme el día libre.

Zach sonrió al darse cuenta de que ella estaba tratando de escapar de él.

Poco después, Susan la informaba a Kate de sus planes y se alegraba de que Zach no pudiera escuchar la respuesta de su hermana.

–¿Qué vas a irte a ese rancho? ¿Es que te has vuelto loca?

–Tengo que hacerlo, Kate. Además, es por poco tiempo.

–Será mejor que ese hombre se comporte contigo.

–Lo hará –Susan se acordó de las duchas de agua fría que él pensaba darse. Esperaba que él no sospechara que ella también tendría que darse alguna.

–Espera un momento. Quiero que Will hable con él. Ponlo al teléfono.

–Kate, no, eso no es... Oh, hola, Will. Espera un momento.

Zach arqueó una ceja mientras se ponía al teléfono.

–¿Quiere Kate hablar conmigo?

–No, es Will quien va a hablar contigo.

–Hola, Will –dijo Zach al teléfono.

–Me he enterado de que vas a llevarte a Susan y a Paul a tu rancho.

–Así es, mi abuelo acaba de salir de una operación y vamos a llevarlo al rancho el sábado.

–Me alegro de que tu abuelo esté bien. ¿Y qué dice Susan de todo esto?

–Está de acuerdo. Es cierto que yo la animé, diciéndole que sería beneficioso para mi abuelo. Además, Paul está entusiasmado con la idea.

–¿Va a seguir trabajando Susan para Kate?

–Sí. Va a venir en coche todos los días.

–¿En esa chatarra que tiene? Tendré que convencerla para que me deje comprarle un coche nuevo. Es peligroso...

–Ya me he ocupado yo de ello.

–¡Vaya, eres un genio!

–¿Por qué lo dices?

–Llevamos mucho tiempo detrás de que deje su apartamento y de que cambie de coche, pero no hemos podido convencerla. Y ahora, llegas tú y consigues las dos cosas.

–Entonces, ¿no os preocupa que se venga conmigo? –preguntó Zach, dando un suspiro de alivio. Prefería que ellos dieran el visto bueno, aunque tampoco le habría echado para atrás el que se opusieran.

–A mí no, aunque todavía no he hablado con mi esposa –hizo una pausa–. Kate dice que irá a ayudar a Susan a hacer el equipaje después de arreglar unas cuantas cosas en el restaurante. Y va a llamar a Maggie también.

–Es un bonito detalle.

–Bueno, son sus hermanas, ¿no?

Zach colgó después de despedirse de Will.

–Son maravillosos –dijo Susan con lágrimas en los ojos.

Él se acercó a Susan para abrazarla, incapaz de resistir la tentación de consolarla, pero ella volvió a apartarse.

–Escucha, tendrás que acostumbrarte a que nos toquemos o, si no, mi abuelo sospechará de nosotros –comentó Zach, dándose cuenta de que, además, él se iba a volver loco si no podía hacerlo.

–Me parece bien que nos toquemos delante de tu abuelo o de Hester, pero no cuando estemos a solas –se sintió algo ridícula al fijar esas reglas, pero sabía que tenía que hacerlo.

–¿Por qué no?

–Ya sabes por qué no, Zach Lowery. Es como jugar con cerillas junto a una fuga de gas.

Él se quedó mirándola con las manos en las caderas, pensando que sus palabras describían bastante bien lo que le pasaba a él mismo.

–Muy bien, lo primero quiero hablar con Rosa y Pedro. Luego, cuando salgamos del hospital esta noche, te ayudaré a empaquetar. ¿Tienes cajas?

–No, no he pensado en ello. Todo ha sido muy rápido.

Él no podía objetar nada. El sábado anterior él solo tenía a su abuelo y, apenas una semana después, estaba casado y tenía una gran cantidad de nuevos familiares. Estaban Megan, Paul, Kate, Will y su hijo, y también Maggie, Josh y sus dos niños.

–¿Cuándo podré conocer a Megan? –preguntó repentinamente.

–No lo sé. Ella no... sabe nada de lo nuestro. Megan está muy ocupada buscando trabajo. Sé que tendré que contárselo, pero lo haré más adelante.

–Estoy empezando a pensar que te avergüenzas de mí, señora Lowery –bromeó él.

–No es que me avergüence. Es solo que me cuesta explicar a los demás lo que está pasando.

–Bueno, ahora vamos a hablar con Pedro y Rosa –dijo, tomándola de la mano y guiándola hacia la puerta. Al menos cuando estuvieran con más gente, podría tocarla libremente.

Ella le había dado permiso para hacerlo, aunque quizá no supiera exactamente el alcance de ello.

–Ya está aquí la pizza –dijo Zach cuando llegó al apartamento a la mañana siguiente.

Susan abrió la puerta y vio a su apuesto marido cargado con varias cajas de pizza.

–¿Cuántas has traído? –preguntó ella, consciente de que Zach era un hombre muy generoso.

–Muchas. Los vaqueros tienen buen apetito. ¿A que sí, Rick?

Uno de los vaqueros que habían llegado a las siete de la mañana con los dos camiones sonrió a Susan.

–Así es, señora. Los vaqueros comemos mucho.

–Bueno, también es cierto que os lo habéis ganado. Me habéis ayudado mucho.

Y no solo la habían ayudado los vaqueros, también Kate y Maggie se habían presentado hacia las nueve y la habían ayudado a empaquetar. Justo en ese momento estaban terminando de meter en cajas las últimas cosas que quedaban en el apartamento.

–Avisaré a todos de que vamos a comer –dijo Susan.

–Después de comer, saldremos hacia el rancho –dijo Zach–. ¿Te parece?

–Sí, ya casi hemos terminado –asintió ella, dándose la vuelta. Zach se fijó en que ella parecía algo indecisa.

Lo cierto era que Susan no confiaba demasiado en los hombres después de lo que le había sucedido a su madre. Y como no quería que Zach se diera cuenta de su nerviosismo, se alejó de él para avisar a los otros.

–Ya ha llegado la pizza –les gritó a sus hermanastras.

–¿Pizza? –preguntó Kate, sintiéndose ultrajada–. Yo podría haber pedido al restaurante que nos enviaran comida de verdad.

–Kate, la pizza nos valdrá –respondió Susan–. Tú y Maggie ya me habéis ayudado bastante. No solo trajisteis una neverita con bebida, sino que además no habéis parado de trabajar.

Ni de discutir. En especial, Kate, que había vuelto a preguntarle si estaba segura de lo que estaba haciendo. Maggie le había aconsejado que fuera prudente, aunque se había mostrado feliz de que Susan fuera a dejar aquel apartamento.

–Pero nosotras podríamos haberla ayudado a dejarlo –había insistido Kate.

–Es cierto, pero ya sabes que es demasiado orgullosa como para permitir que la ayudemos –había replicado Maggie.

–No, no es eso, es que... no quiero ser una carga para vosotras –había respondido Susan, secándose las lágrimas–. Quiero salir adelante yo sola y lo estoy consiguiendo. Ya tengo dinero suficiente para pagar a Megan su cuarto y manutención.

Kate y Maggie intercambiaron miradas de frustración.

–Está bien –dijo Maggie–, pero recuerda que, si las cosas no van bien con... el rancho, debes avisarnos inmediatamente.

–Sois muy buenas conmigo –susurró Susan, que les estaba muy agradecida por preocuparse tanto por ella.

Después de avisar a todo el mundo de que la comida estaba lista, se sentaron en cajas en el salón y comenzaron a comer la pizza.

Zach se sentó al lado de Susan con una porción de pizza en una mano y un vaso de soda en la otra.

–Pensé que nos llevaría todo el día embalar todo, pero gracias a que hemos trabajado rápidamente y mucho casi hemos acabado.

–Tienes que darnos el número de teléfono del rancho y la dirección exacta, Zach –dijo Maggie–. Aunque Susan vaya a venir a trabajar a diario, puede que tengamos que hablar con ella alguna noche.

–Claro. No penséis que la voy a raptar –comentó él, acercándose a Susan y besándola. Fue un beso breve, pero duró lo suficiente como para que ella se alterara. Claro, que él no había hecho nada que no pudiera. Ella le había dado permiso para besarla en público.

–¿Cuándo trasladaréis a tu abuelo? –preguntó Maggie.

–Mañana por la mañana –respondió Zach, sonriente–. Una vez hayamos terminado con la mudanza, volveré en el helicóptero para llevar a mi abuelo a casa.

Se quedaron en silencio un rato.

–Nunca pensé que volvería al rancho con mi abuelo –dijo, tomando de la mano a Susan–, pero gracias a ti eso va a ser posible.

Ella cerró los ojos, tratando de contener las lágrimas. Pero tenía que recordar que su abuelo era el único motivo por el que seguían con aquella farsa.

Zach la besó, pero ella se retiró.

–Zach, todo el mundo nos está mirando.

–Ya lo sé –dijo él, sonriendo.

–Bueno, creo que será mejor que terminemos de embalar.

Incluso mudarse al rancho le pareció a Susan menos peligroso que dejarle que la besara.

–Estamos listos, Zach –le avisó Rick desde su camión, en el que iban también Pedro y Rosa con sus dos hijos pequeños.

–Susan, ¿puedo ir con Manuel? –preguntó Paul.

–No sé si hay sitio, Paul. Será mejor que vengas conmigo. Manuel puede venirse con nosotros, si quiere.

–Pero yo quiero ir en el camión, Susan –suplicó Paul.

–¿Por qué no les dejas a Paul y a Manuel ir en el otro camión? –sugirió Zach–. Yo tengo que devolver el coche y pensé que tú me acompañarías.

Ella lo miró con gesto suspicaz.

–Por mí no hay problema si a Chuck no le importa –dijo, mirando al otro vaquero, quien después de mirar a Zach dijo que estaría encantado de ir con los chicos.

Paul y Manuel dieron gritos de felicidad mientras se montaban en el camión.

–Nosotros os seguiremos –les gritó Susan mientras arrancaban los camiones.

Kate y Maggie la abrazaron y le dijeron que llamara nada más llegar.

—Quizá nos retrasemos un poco –les advirtió Zach–. Me gustaría pasar por el hospital antes de marcharnos, si a ti no te importa, Susan.

Ella dijo que no con la cabeza, aunque no pudo evitar fruncir el ceño.

Luego, Kate y Maggie se metieron en el coche de Maggie y se marcharon.

Ya solo quedaban Zach y Susan en el apartamento.

—Le dije a Rosa que los seguiríamos –comentó ella, mordiéndose el labio.

—Llegaremos a la hora de cenar.

—Bueno, te seguiré hasta la tienda de alquiler –Susan se dio la vuelta y se detuvo en seco.

En el lugar donde creía haber dejado aparcado su coche, había un todoterreno. Miró a su alrededor por si estaba equivocada y había aparcado su coche en otro sitio.

—Zach, mi coche no está aquí.

Él le dio un juego de llaves.

—Sí, este es tu nuevo coche. Lo necesitarás este invierno para ir a trabajar.

—No pienso...

—Vamos, cariño, tu coche ya no está aquí, así que tendrás que meterte en este.

—Zach, no puedes hacer esto. No tienes ningún derecho a...

—¿A ayudar a mi esposa? Permíteme que discrepe contigo. Acepta este coche como agradecimiento por salvar la vida de mi abuelo.

—¡Zach! Yo nunca... No puedo aceptar que me des nada porque tu abuelo se haya recuperado.

—Bueno, no te estoy pagando por ello. No tendría dinero suficiente. Este coche es simplemente un detalle de agradecimiento. Además, tú necesitabas desesperadamente un coche nuevo. Tienes que reconocer que el tuyo no habría aguantado todo este invierno.

–Eso no tiene nada que ver con...

–¿Preferirías que tuviera que ir a recogerte cada vez que tu coche se averiase?

Ella frunció el ceño y respiró hondo.

–Bueno, aceptaré el coche mientras viva en el rancho. En cuanto vuelva a Kansas, el coche será tuyo.

–De acuerdo –dijo él evidentemente contento–. Y ahora, deja que te explique algunos detalles de cómo se conduce este cacharro. Luego, nos pondremos en camino.

Susan se puso al volante mientras Zach le daba algunos consejos.

–Recuerda que prometiste seguirme.

–Claro que sí. ¿Por qué no iba a hacerlo?

–Pensé que quizá te hubieras enfadado.

–Debería estarlo. Me siento utilizada.

–Nada de eso, cariño. Y ahora, ponlo en marcha.

Ella giró la llave y el poderoso motor rugió al cobrar vida.

–Ponte el cinturón de seguridad –le recordó él, ayudándola a ponérselo.

–Zach, no soy ninguna niña.

–Yo no estoy tan seguro –replicó él, besándola.

Ella lo apartó.

–Zach, ahora no hay nadie delante.

–No es cierto. Uno de tus vecinos estaba entrando en el portal.

–¡Pero eso no cuenta! –lo reprendió ella.

–Bueno, lo siento. Es que me he equivocado. Y ahora, vamos a casa –dijo con la voz ronca debido al deseo–. Allí tendré múltiples excusas para besarte.

Capítulo 9

MIENTRAS Susan conducía su nuevo coche hacia su nueva casa con su nueva familia, pensó que ya se había enfrentado a todas las situaciones extrañas imaginables. ¿Qué le quedaba por probar?

Nada más llegar al rancho Lowery con Zach, encontró la respuesta a su pregunta. Primeramente, no estaba preparada para la elegancia y el tamaño del rancho. La casa era suficientemente grande como para albergar a una familia numerosa.

Hester salió al porche para recibirlos.

–Buenos días, señora Lowery –la saludó, haciendo un gesto con la cabeza.

Susan esbozó una sonrisa y estrechó la mano de la mujer.

–Por favor, llámeme Susan. Todavía no me he acostumbrado a que me llamen señora Lowery.

Hester sonrió.

–De acuerdo, y tú llámame Hester. Paul ya está en su dormitorio. Es un chico muy bueno.

–Muchas gracias. Espero que no te haya causado muchas molestias.

–No. A él y a Manuel les gustan mucho mis galletas, así que creo que nos llevaremos bien.

Zach soltó una carcajada.

–No conozco a ningún niño al que no le gusten tus galletas, Hester. Y a los adultos también nos gustan, por cierto.

–A ti siempre te gustaron. Y ahora, vayamos al dormitorio principal. Pete me ordenó que sacara sus cosas para que lo ocuparais vosotros.

Susan notó la tensión de Zach y se volvió. ¿Qué pasaba?

—No quería que se fuera de ella —protestó Zach.

—Él ya lo sabe, pero está encantado. Ya sabes que solo quiere que tú y Susan seáis felices aquí. Y a mí me parece que esta vez va a tener más suerte.

Susan arqueó las cejas. No había escuchado nada bueno hasta el momento acerca de la primera esposa de Zach.

Susan se dispuso a seguir a Hester al interior de la casa cuando, de repente, se vio en los brazos de Zach.

—Es la tradición familiar —susurró—. Hay que llevar a la esposa en brazos cuando se cruza la entrada.

—Pero tú ya la... ¡Ay! De acuerdo, ya hemos entrado, puedes dejarme —lo dijo como si hubiera corrido una carrera.

Zach la puso despacio en el suelo, pero siguió rodeándola con su brazo.

—Bienvenida a casa, señora Lowery —le dijo antes de cubrir los labios de ella con los suyos.

El problema con el trato al que habían llegado de que él podía besarla delante de otras personas era que ella se olvidó de que no había nadie delante. El contacto de él fue intenso y la alzó a un mundo de fantasía que empezaba y terminaba en sus brazos. Zach levantó sus labios, pero los volvió a posar en su boca antes de que ella pudiera recuperarse.

—Eso déjalo para el dormitorio, hijo. Tenéis una hora antes de la cena —murmuró Hester, guiñándoles un ojo.

Susan, totalmente sonrojada, apartó la mirada, temerosa de que la mujer viera su deseo.

Zach esbozó una sonrisa a la anciana.

—Buena idea, Hester. Nos veremos en la cena.

Zach mantuvo el brazo alrededor del cuerpo de Susan hasta que llegaron a la puerta que daba al resto de la casa. Cuando la cerraron, ella se apartó inmediatamente de él.

–Tienes una casa preciosa. ¡Es enorme!

–Sí, tendrás un poco más de espacio que en tu apartamento. Excepto por una cosa.

–¿Una cosa? ¿De qué estás hablando?

–Te lo mostraré –el hombre la llevó hacia una preciosa escalera de caracol que conducía a un pasillo. Luego, abrió la primera puerta de la izquierda–. La habitación de matrimonio.

Ella entró en un dormitorio con muebles de caoba.

–¡Es preciosa! –exclamó, admirando la chimenea de piedra y el sofá que había enfrente.

–Sí, es la habitación de matrimonio –repitió él.

En medio de tantos cambios, Susan no fue capaz de entender el significado exacto de aquellas palabras. Cuando lo hizo, se quedó inmóvil.

–Quieres decir que tú...

–El abuelo y Hester creen que dormiremos aquí.

Susan se dio la vuelta para mirar la gran cama.

–Pero...

Ella no podía hacer aquello. No sin romper la promesa que se había hecho a sí misma. Su madre se había acostado con casi todos los hombres que había conocido y Susan se había prometido no hacer lo mismo. Su marido sería su primer y último amante.

Estuvo a punto de gritar al recordar que el hombre que estaba a su lado era su marido. Aunque él no tuviera planeado que el matrimonio durara eternamente.

–No te preocupes. Cumpliré la promesa.

–¿Cómo? –preguntó ella.

–¿Porque no te apetece cambiar las reglas, verdad? –preguntó él, sonriendo. Aunque Susan pudo ver la seriedad que había en la pregunta.

–No.

Él dio un suspiro.

–Me lo temía. Por eso traje un colchón de aire en una bolsa que metí en tu coche. Dormiré en el cuarto de al lado.

Pero Susan comenzó a temblar al darse cuenta de que Zach tenía la intención de mantener su palabra. Para él habría sido muy fácil convencerla y poseerla sin preguntar. Pero no había querido.

–Gra... gracias, Zach.

Él la tomó en sus brazos.

–No estoy rompiendo el trato. Estoy dándote apoyo para que las piernas te sostengan, no estoy seduciéndote.

Daba igual cómo lo llamara, pero a ella le pareció muy agradable su calor. De hecho, no recordaba haberse sentido así jamás. Confiaba en no hacerse adicta a esa agradable sensación, aunque temía que ya lo era.

Zach se acostó aquella noche en el colchón de aire. Susan lo había cubierto con sábanas y una colcha o dos. El olor de ella quedó suspendido en el aire, atormentando sus sentidos.

Estaba metido en un buen lío.

Cuando él había ofrecido a Susan dinero para que hiciera de prometida suya, había imaginado que la relación entre ellos sería corta. En cambio, aquello solo había sido el principio. Al día siguiente, después de visitar a su abuelo, ellos ya eran marido y mujer.

Su opinión sobre Susan había cambiado bastante en los últimos días. Su belleza era la misma, claro, pero también había descubierto en ella una belleza interior tan rica y profunda que estaba completamente asombrado.

Él, que no había conocido a más mujer que a Hester, se había sorprendido del egoísmo y la ambición de su primera esposa. Después del divorcio, había pasado unos meses duros. Pero después, había apretado los dientes y había decidido sobrevivir.

Y no le había salido del todo bien.

Se había dicho a sí mismo que nunca volvería a casarse. Después de todo, él no podía disimular quién era ni su riqueza. Pero con Susan era distinto. Le costaba muchísimo que ella aceptara ningún regalo. Era tan cabezota e independiente, tan poco interesada, que a veces le costaba creer que fuera una mujer de carne y hueso.

Excepto cuando la abrazaba.

Zach se dio la vuelta, tratando de borrar el curso de sus pensamientos. Si no podía, no sería capaz de dormir nada en toda la noche.

Pete Lowery volvió al rancho el sábado por la tarde. Se instaló en la habitación de la planta baja, al lado de la de Hester, para estar bien atendido.

Pero con la puerta abierta, su dormitorio se había convertido en la habitación de todos. Paul y Manuel lo visitaban con frecuencia y le preguntaban cosas sobre el rancho. Hasta que llegaba Susan y los echaba.

Pero a Pete lo encantaba tener a los dos muchachos a su lado. Les decía que lo llamaran abuelo y ellos se estaban encariñando con él.

El lunes, el primer día de trabajo para Susan, se puso su traje azul de punto y corrió escaleras abajo para tomar el desayuno que Hester había insistido en prepararle.

Susan había hecho un cambio en sus planes: había decidido llevarse con ella a Paul cada día hasta que comenzara la escuela. Después de todo, era obligación de ella cuidar de él. Además, el estar ocho horas con él, la ayudaría a fingir que no había cambiado nada.

—Buenos días, Hester.

—Buenos días, Susan. Me encanta tu sonrisa. Eres como un rayo de sol.

—Es fácil sonreír con todo lo que tú me ayudas. Espero que mi salida hacia el trabajo no alargue tus días demasiado.

–No digas tonterías. Llevo levantada desde las seis. Tu marido desayunó a las seis y media. ¿No te diste cuenta de que se había ido?

Susan se sonrojó violentamente.

–Humm, sí, claro, pero no sabía cuándo había desayunado.

–Buenos días –dijo Zach desde la puerta.

Susan se volvió y él la besó, haciendo que le comenzaran a temblar las piernas.

–Yo... Hester dice que ya has desayunado.

–Así es, y ya he trabajado un poco, pero voy a tomar otra taza de café contigo.

–Creí que dormías hasta tarde.

–Nunca dije eso, cariño –contestó él con una sonrisa.

–Sentaos los dos. Los huevos ya están hechos –ordenó Hester, ignorando la conversación entre ellos.

–Hester, Paul bajará en seguida. En cuanto desayune, nos iremos.

–¿Cuándo vas a matricularlo en la escuela?

–No lo sé. Tendré que preguntarle a Kate qué día puedo tomarme libre –Susan frunció el ceño, preocupada por tener que pedir otro día libre.

–Yo puedo llevar a Paul y a Manuel a la escuela –se ofreció Zach–. ¿Cuántos años tiene la hermana de Manuel? ¿Tiene que matricularse también? Puedo pedirle a Rosa que me acompañe.

–Josefina tiene cinco años, así que empezará la primaria este año –replicó Susan–. ¿Estás seguro de que puedes llevarlos? No quiero interferir en tu trabajo.

–Estoy seguro.

Paul entró en ese momento en la cocina. Todavía llevaba el pijama puesto y se frotaba los ojos.

Susan le dio un beso.

–¿Por qué no estás vestido todavía? Tenemos que salir dentro de cinco minutos.

–¿Paul se va contigo? ¿Por qué? –quiso saber Zach.

–Porque es mi responsabilidad –aseguró ella tajante-
mente.

Como Rosa trabajaba en el rancho, ella tendría que
arreglarse de alguna manera hasta que el niño empezara
la escuela, pero encontraría el modo.

–No seas ridícula. Paul, ¿no prefieres quedarte en el
rancho?

–¡Sí! Yo y Manuel podemos ir a explorar y...

–¡Paul! –Susan tragó saliva y trató de calmarse–.
Eso sería mucho trabajo para todos.

Hester miraba a Susan desde la cocina y Paul la miraba a ella. Zach también la miraba.

–Susan, Rosa y sus tres hijos estarán aquí con Hester. ¿Qué importa uno más?

–Rosa tiene que ayudar a Hester en la casa.

–Podrá hacerlo de todos modos. Y seguro que incluso
tendrá más tiempo si Paul se queda y juega con Manuel.
Además, yo tengo algunas tareas para los muchachos.
Todos los que viven en el rancho tienen que colaborar.

La excitación de Paul al oír que tenía que trabajar en
el rancho sorprendió a Susan.

–No creo que...

–¡Por favor, Susan! Me portaré bien.

Susan no dijo nada más. Enfadada, terminó el desayuno y se levantó.

–Zach, ¿puedes acompañarme al coche?

–Con sumo placer, amor mío.

Susan iba a comprobar si seguía pensando lo mismo
cuando terminara de hablar con él.

Zach siguió a Susan hasta la puerta, disfrutando del
movimiento de sus caderas. Parecía enfadada, pero no
creía que fuera nada grave. Las cosas iban bien.

Cambió de opinión cuando ella se dio la vuelta y lo
miró fijamente.

–¡Zach Lowery, yo soy la responsable de Paul! No tú. Y yo tomo las decisiones relacionadas con él. No me pongas de nuevo en la posición de la mala.

Él se encogió de hombros.

–Cariño, no es lógico que te lo lleves a la ciudad y lo metas en un sitio cerrado cuando puede quedarse aquí, donde se lo pasará mucho mejor.

–Entonces, pídemelo en privado. Yo tomo las decisiones que conciernen a mi familia.

Él se inclinó y la besó.

–De acuerdo, lo he entendido. Conduce con cuidado –luego, abrió la puerta del vehículo, esperando no tener que seguir con la discusión.

–¡Me haces sentirme tan frustrada! ¡No seas tan bueno!

Él le acarició la barbilla.

–Cariño, no sabrás lo que es frustración hasta que hayas sentido lo que yo.

Él volvió a besarla y ella se apartó en seguida, se metió en el coche y cerró la puerta con brusquedad.

Zach se quedó allí con las manos apoyadas en las caderas, viendo cómo ella salía a la carretera a toda velocidad y confiando en que se calmara antes de llegar a la autopista.

Después, volvió a casa para explicar a Paul que tenían que tener cuidado para no enfadar a Susan. Zach quería asegurarse de que ella fuera feliz.

Durante el almuerzo, Hester llevó la comida a Pete en una bandeja. También les sirvió la comida a Rosa y los niños, a Paul y Zach. Después de que todos se terminaron de servir, los miró con una expresión rara.

–Esta mañana hubo una llamada telefónica muy extraña.

–¿Sí? –replicó Zach, aunque estaba pensando en Susan.

–Llamó una mujer preguntando por Susan Green-wood.

–¿Quién era? –preguntó, alzando la cabeza.

–No lo sé. Le dije que estaba casada contigo y que ahora se llamaba Susan Lowery.

Zach miró preocupado a Rosa.

–¿Y qué contestó

–Bueno, pareció un poco sorprendida y me preguntó si estaba segura. Luego, quiso saber cómo llegar hasta aquí –la mujer dio un bocado de carne–. Me imaginé que no sería una antigua novia tuya, así que se lo expliqué.

–Gracias por decírmelo, Hester.

Zach se concentró en su plato, pero no pudo dejar de pensar en quién sería la mujer que había llamado.

Después de la comida, los hijos de Rosa tenían que echarse la siesta y Zach decidió mostrar a Manuel y Paul las tareas que tenía preparadas para ellos.

Los chicos lo siguieron entusiasmados hasta el cobertizo. Cuando les comentó que les pagaría por trabajar, los muchachos se sintieron muy orgullosos, aunque pensaron que no debían aceptar.

–Zach, trabajaremos gratis –dijo Paul.

–Sé que lo haríais gratis llegado el caso, chico, pero en el rancho Lowery todo el mundo cobra por su trabajo. Y eso sí, espero que vosotros dos hagáis un buen trabajo. Yo mismo inspeccionaré lo que hagáis en cuanto hayáis terminado.

Después de mostrarles lo que tenían que hacer, se dirigió a atender sus propios asuntos. Eso sí, le dijo a un vaquero que echara un vistazo de vez en cuando a los críos.

Luego, miró hacia la casa para ver si habían llegado nuevos invitados, pero no parecía haber ningún coche aparcado que no conociera. Se encogió de hombros y se fue a trabajar.

Cuatro horas después, cubierto de sudor y bastante cansado, regresó al cobertizo para revisar lo que habían hecho los chicos. Se llevó una agradable sorpresa al ver su minuciosidad.

–Felicidades, muchachos. Habéis hecho un gran trabajo. Ahora iremos a la casa y allí os pagaré vuestro salario.

Paul se puso muy recto mientras sonreía orgulloso.

–Susan me dijo que no podía aceptar más regalos tuyos debido a que ya estamos viviendo aquí gratis.

–Pero esto no es ningún regalo –le replicó Zach con tono serio, diciéndose que seguramente tendría otra discusión con Susan–. Tú y Manuel os habéis ganado ese dinero. Habéis trabajado duro los dos.

–Sí, es cierto –asintió Manuel.

Paul tragó saliva.

–De acuerdo, aceptaré la paga, pero luego tendré que preguntarle a Susan si puedo quedarme el dinero.

Zach pensó que tendría que hablar con Susan antes que Paul.

–Buena idea. Como ya os dije esta mañana, no debemos disgustar a Susan.

Los dos chicos asintieron. Él los precedió mientras salían del cobertizo, pero, de repente, se paró en seco. Había visto que cerca del corral había un grupo de hombres, lo que era muy extraño. Luego, se fijó en que en el centro había una muchacha rubia que se parecía mucho a Susan. ¿Habría vuelto ya?

–¡Megan! –gritó el muchacho, aclarando la confusión.

La chica salió del corro de admiradores y se dirigió hacia su hermano.

–¡Paul! –exclamó, acercándose a la carrera con los brazos abiertos.

Los dos hermanos se abrazaron. Zach pensó que lo mejor sería presentarse a sí mismo.

–Hola, Megan.

Ella se dio la vuelta y se quedó mirándolo fijamente.

–¿Es usted el señor Lowery?

–Es Zach –dijo Paul, sonriendo–. Es guay.

–Gracias, amigo. Y sí, soy Zach Lowery. ¿Has entrado en la casa?

–No, me... me temo que no. Pensé que Susan no estaría allí y pensé que podría dar una vuelta mientras ella volvía. Estará aquí a la noche, ¿no?

–Así es –respondió. Luego, se fijó en que los vaqueros seguían sin quitar ojo a la hermana de Susan. Estaban todos con la lengua fuera–. Yo atenderé a Megan, muchachos. Podéis volver al trabajo.

Ellos se alejaron renuentemente después de despedirse de la muchacha.

–Vamos a tener que hacer algo contigo para que no estés tan guapa. Si no, me va a costar conseguir que mis hombres trabajen.

–Oh, lo siento, no quería...

–Era broma, Megan –la tranquilizó, tomándola del brazo y guiándola hacia la casa–. Me refería a que entre Susan y tú estáis volviendo locos a mis hombres. Creo que no han visto nunca mujeres tan guapas.

Ella se sonrojó mientras le sonreía.

–Ahora, vamos a la casa y te presentaré a Hester y a mi abuelo. Supongo que ya conocerás a Rosa.

Ella se detuvo y se giró para mirar a los dos muchachos que los seguían.

–Me pareció tan natural veros a Manuel y a Paul juntos que no me di cuenta de que Manuel no tenía por qué estar aquí. ¿Cómo... ?

–Es que estamos viviendo todos aquí –dijo Manuel–. Así que Paul y yo podemos seguir juntos.

Zach trató de explicárselo algo mejor.

–Pedro se quedó sin trabajo y resultó que yo tenía un

puesto libre aquí. Rosa está ayudando a Hester, nuestra
ama de llaves. Lleva muchísimos años trabajando para
nosotros, pero no quiere ni oír hablar de su jubilación.

–Eso es estupendo. Oye, pero me pregunto por qué
no me llamasteis cuando os casasteis Susan y tú.

–Es que todo sucedió muy deprisa. Pero supongo
que Susan te lo explicará mejor que yo –contestó él, tratando de salir del paso–. Por cierto, ¿cómo averiguaste
que Susan y Paul estaban aquí?

–Recibí un mensaje de Susan en el que me daba el
número de teléfono del rancho por si tenía que locali-
zarla para alguna cosa. El mensaje me dejó algo preocupada, así que llamé inmediatamente y alguien me contó
que os habíais casado y me explicó cómo llegar hasta
aquí. De manera que me decidí a haceros una visita.

Zach le dijo que era bienvenida en su casa.

Ya en la casa, Zach presentó a la muchacha a Hester
y Megan, al ver a Rosa, corrió a abrazarla. Luego, Zach
la guió hasta el dormitorio de Pete.

–Abuelo, me gustaría que conocieras a Megan, la
hermana de Susan y Paul. Ha viajado desde la Universidad de Nebraska para visitar a su familia.

Pete sonrió encantado. Al poco, tenía a Megan sentada a su lado, relatándole todo sobre su vida en la universidad. Después de charlar durante más de media
hora, el abuelo le preguntó si le gustaría cambiarse a la
Universidad de Kansas. Así podría ir al rancho durante
los fines de semana.

Zach no puso ninguna objeción a la propuesta de su
abuelo, pero pensó que Susan no estaría de acuerdo con
ello.

–Podría estar bien. Lo cierto es que he echado mucho de menos a Susan y a Paul.

–¿Cómo has llegado hasta aquí? –preguntó Zach.

–Me trajo un tipo que iba a la ciudad de Kansas.
Luego, fue tan amable que me acercó hasta el rancho.

–¿Era amigo tuyo?

–El amigo de un amigo. Ya sabes cómo funcionan las cosas en la universidad –dijo ella, encogiéndose de hombros.

También tendría que hablar de aquello con Susan. Zach sabía exactamente cómo funcionaban las cosas en la universidad. Sabía de los muchos peligros que podían correr allí las mujeres.

–¿No fue algo imprudente venir con alguien a quien apenas conocías?

–No te preocupes por eso. He llegado bien, ¿no?

–Acabo de oír llegar un coche –comentó Zach–. Seguramente sea Susan. ¿Quieres hablar a solas con ella o prefieres que estemos todos delante para protegerte?

–¿Protegerme de Susan? Eso es ridículo –protestó Megan. Después de mirar a todos los presentes, comenzó a dudar–. ¿O no lo es?

Capítulo 10

S E HABÍA comportado como una fiera.
Susan había ido todo el camino pensando en cómo
se disculparía con Zach.

Al fin y al cabo, no era culpa de él si su hermano
prefería quedarse en el rancho jugando con su amigo a
ir con ella a la ciudad para aburrirse como una ostra. Y
tampoco era cierto que la propuesta de él lo hiciera quedar como un héroe y a ella como un villano.

No era así.

Pero sí debería recordarle que ese tipo de propuestas
sería mejor que se las hiciera a ella en privado y no delante de Paul.

Eso era razonable.

Y quería ser razonable con él. Todo había sucedido
demasiado deprisa entre ellos, pero Zach estaba mante-
niendo su palabra. El hombre estaba durmiendo en un
miserable colchón de aire mientras que ella lo hacía en
una enorme cama. Además, él esperaba todas las noches
media hora abajo para darle tiempo a que se acostara.

Zach se estaba comportando como un caballero y
ella quería empezar a comportarse como una dama.

Dejó el coche donde Zach le había dicho el viernes.
Cuando hiciera más frío, le había dicho que podría usar
el garaje, pero que por el momento le sería más cómodo
aparcar al lado de la puerta trasera.

Salió del coche, dando un suspiro, y se dirigió a la
casa, deseosa por ver qué tal se había portado Paul.

Vio que en la cocina solo estaba Hester, quien la informó de que estaban todos en el dormitorio del abuelo. Sonriendo, se dirigió allí en vez de subir las escaleras. Quería ver a Paul antes de cambiarse de ropa y relajarse.

La habitación estaba repleta. Zach, Paul, Manuel y el abuelo se quedaron mirándola fijamente. Y también Megan... ¡Megan!

–¡Megan! –exclamó, corriendo hacia su hermana para darle un abrazo–. ¿Qué estás haciendo aquí? ¿Es que pasa algo?

–No, estoy bien. Bueno, la verdad es que estoy algo enfadada porque no me invitaste a tu boda. ¡Y tampoco es excusa que fuera todo muy precipitada!

Susan miró a Zach, olvidándose del resto de la gente. Luego, se retiró de su hermana para poder mirarla a los ojos.

–No... no pude... ¿Es que no te lo ha explicado Zach? –le preguntó, tratando de ganar tiempo.

–Ha sido culpa mía –dijo Pete, por lo que Susan tuvo que callarse lo que iba a añadir–. Creí que iba a morirme y les pedí que se casaran lo antes posible. Así que la ceremonia se celebró en mi habitación del hospital. Imagino que Susan no te dijo lo de la boda para no entristecerte, por si te daba por pensar que ibas a perderla. Seguramente, quería esperar a hablar contigo en persona para tranquilizarte.

Susan se quedó mirando fijamente a Pete. Era evidente que le estaba muy agradecida por haberla facilitado las cosas. Pero, de pronto, creyó ver algo extraño en la expresión de él que la produjo cierta inquietud.

–¡Oh, Susan, lo siento! –le dijo a su hermana–. Y cuánto me alegro de que usted se haya recuperado, señor Lowery –añadió, sonriendo a Pete.

–Llámame abuelo. Al fin y al cabo, tú eres también de la familia, ¿no? –el hombre se volvió hacia Susan–. He estado comentando a tu hermana que estaría bien que se cambiara de universidad. Si estudiara aquí, en Kansas, podría venir a vernos todos los fines de semana. Creo que esta muchacha echa mucho de menos a sus hermanos.

Susan miró a Zach, pero este negó con la cabeza.

—La verdad es que creo que es una buena idea, cariño, pero no he sido yo quien se lo ha propuesto.

—¿Qué? ¿Es que no quieres que Megan forme parte de esta familia? —preguntó Pete con tono de enfado.

—No es eso, abuelo. Es solo que las decisiones en lo que respecta a la educación de Paul y Megan son cosa de ellos y Susan.

Susan sonrió a Zach, disculpándose.

—Sé que lo has hecho con la mejor intención, abuelo, pero Megan está becada en Nebraska. Si se cambia a la Universidad de Kansas, es posible que no obtenga aquí beca, y yo no puedo permitirme...

—Pero, chica, ¿es que no sabes que nosotros somos muy ricos? —preguntó Pete.

—Megan y yo discutiremos a solas este tema —respondió Susan—. De hecho, si no os importa, nos subiremos las dos a mi cuarto para tener una pequeña charla.

Susan quería tratar de relatarle todo lo que le había pasado durante aquellos últimos días, aunque no sabía si iba a ser capaz de hacerlo en su estado de confusión.

—Oh, pero... —comenzó a decir Megan.

—Creo que será mejor que hagas caso a mamá gallina —intervino Zach—. Parece estar muy preocupada por sus dos polluelos.

Megan se echó a reír.

—Es cierto que es un poco mamá gallina. Pero a pesar de eso, es la mejor hermana que podíamos tener. Incluso antes de que muriera nuestra madre, ya era Susan quien nos cuidaba.

La muchacha suspiró.

—Y después de que muriera mamá —continuó Megan con tono emocionado—, ha sido nuestra hermana mayor, pero también ha sido una madre para nosotros. Incluso se hizo cargo de las deudas de mamá.

–¡Megan! Bueno... no importa. Vamos –Susan se dirigió a la puerta.

–Gracias por recibirme tan cariñosamente –les dijo Megan a todos antes de seguir los pasos de su hermana.

Pete Lowery envió a Paul y Manuel a preguntar a Rosa si su hijo podría quedarse a cenar con ellos. También les pidió a los chicos que ayudaran a Hester a poner la mesa cuando volvieran.

Zach esperó a que salieran los chicos, consciente de que Pete los había mandado salir a propósito. Estaba seguro de que su abuelo quería decirle algo.

–¿No crees que ya es hora de que me cuentes la verdad acerca de Susan? –le preguntó Pete con tono refunfuñón.

Zach contuvo el aliento.

–¿Qué quieres decir? –respondió finalmente, tratando de mantener la calma.

Pete se colocó otra almohada bajo la cabeza.

–Zach, sé que tú y esa mujer no habéis parado de mentirme.

–Abuelo...

Pete levantó la mano para detenerlo.

–Tengo que reconocer que al principio me engañasteis y os agradezco el esfuerzo. De hecho, creo que tuviste una gran idea, pero creo que, si no aclaráis cuanto antes las cosas entre vosotros, vais a meteros en un verdadero lío.

Zach se dio por vencido. Suspiró hondo mientras se sentaba en una silla al lado de su abuelo.

–¿Seguro que estás bien? ¿No estás apenado?

–Me apenará que dejes escapar a esa mujer sin casarte con ella.

–Pero si ya estamos casados...

–Ya, y por eso la miras como un oso hambriento delante de un tarro de miel. ¡Muchacho, no soy ningún idiota!

–Muy bien, estamos técnicamente casados, solo que no... Bueno, quiero decir que no es un matrimonio de verdad.

–Ya lo sabía.

–Bueno, abuelo, ¿y qué otra cosa podía hacer? Te mentí acerca de que había una mujer en mi vida. Y cuando tú, gravemente enfermo, me pediste que te la presentara, no creí que fuera una buena idea confesarte mi embuste. Pensé que eso podría haberte matado.

–Cuéntame cómo conociste a Susan.

–Como te dije. Solo que fue el mismo día que ingresaste en el hospital.

–¿Y ella se prestó así sin más?

–Hicimos un trato. Le ofrecí dinero –odiaba contarle aquello, ya que no quería que su abuelo pensara mal de Susan, pero tampoco quería seguir mintiéndole.

–¿Ha estado sangrándote? –preguntó Pete con el ceño fruncido.

Zach no pudo evitar soltar una carcajada.

–No, de hecho, no quería aceptar la mitad del dinero. La tuve que convencer para que aceptara más dinero por casarse y siempre rechaza todos mis regalos. Ella cree que el anillo de boda, el brazalete que le regalé y el coche son solo prestados.

–Ah, ya me extrañaba. Porque, la verdad, me parece una buena chica.

–Y lo es –asintió con una sonrisa.

–Estás enamorado de ella, ¿verdad?

Zach se removió como si estuviera sentado en la silla eléctrica y alguien hubiera activado el mecanismo.

–¿Qué? ¡No! Yo... –se detuvo, consciente de que no podría engañar a su abuelo–. Bueno, la verdad es que sí. Tengo que reconocer que estoy enamorado de ella. Me gustaría cuidar de ella y protegerla, tenerla siempre a mi lado y... y amarla hasta que la muerte nos separe.

Se dio cuenta de que había cambiado de opinión respecto a lo que sentía por Susan. Ya sabía que no era solo atracción física, pero no sospechaba hasta dónde llegaban sus sentimientos hasta que su abuelo se lo dijo.

–¡Santo Dios, estoy enamorado de esa mujer!

–Alabado sea el Señor –murmuró Pete–. Creía que te habías convertido en un cínico, muchacho –se aclaró la garganta, tratando de disimular la emoción–. ¿Y qué piensas hacer ahora, Zach?

–¿Hacer?

–Para retenerla a tu lado. Porque, ¿no quieres que se marche, verdad?

–Por supuesto que no, pero... le hice una promesa.

–¿Qué promesa?

–Que no me aprovecharía... –Zach no terminó la frase.

–Resumiendo, que no te acostarías con ella –dijo Pete.

–No, a menos que ella me lo pidiera –confesó Zach.

–¡Demonios! ¿Y qué clase de estúpida promesa es esa, muchacho?

–Pensé que era lo mejor dado que iba a casarme con ella al día siguiente de habernos conocido. Además, entonces no sabía que iba a enamorarme de ella.

–Bueno, ya encontraremos el modo de arreglar todo este lío. Lo que está claro es que no vamos a dejar que Susan se marche. Ella es ya una Lowery.

–Muy bien –asintió Zach, aunque no sabía cómo iban a convencer a Susan.

–Y tenemos que darnos prisa. Quiero que me deis algún nieto cuanto antes –dijo Pete, frotándose las manos.

–¡Oh, Susan! –chilló Megan mientras subían las escaleras–. Es un sueño hecho realidad. Zach es tan guapo y tan simpático y... tan rico.

Susan no dijo nada.

–Eres la mujer más afortunada del mundo. Ninguna desearía mejor suerte que la tuya.

Tampoco respondió a eso. Susan abrió la puerta de su cuarto y Megan volvió a soltar una exclamación al ver lo lujoso que era.

–¡Megan, ya está bien! –protestó Susan, al borde de las lágrimas.

–Pero es que es estupendo. No podía imaginar... ¿Susan? Susan, ¿por qué lloras? –preguntó Megan, corriendo a consolar a su hermana–. ¿Qué te sucede?

–Que esto no es lo que te imaginas –dijo Susan, sollozando–. Que no soy la mujer más afortunada del mundo –dijo, echándose sobre la cama y tapándose la cara con las manos.

–Pero... Zach es guapísimo.

Susan asintió con el rostro todavía bajo sus manos.

–Y es también rico.

Susan volvió a asentir.

–Y esta casa es fantástica... Oh, Susan, ¿no irás a decirme que te pega? –preguntó Megan con tono dramático–. ¿Es eso? Porque si se atreve a ponerte de nuevo la mano encima, yo...

–¡No! –protestó Susan sin dejar de sollozar–. Por supuesto que tampoco me pega. Es un hombre magnífico.

–Y entonces, ¿cuál es el problema? Si estás en el Paraíso...

Susan se secó las lágrimas.

–Lo que sucede es que es un paraíso artificial.

–No te entiendo –dijo Megan.

–Es que todo esto es una farsa. Nuestra intención era buena, pero al final esta situación se nos ha ido de las manos.

Susan le explicó a su hermana cómo había conocido a Zach, el trato que habían hecho y cómo se habían complicado las cosas con la mejoría de Pete.

Para su sorpresa, Megan se echó a reír.

–Me alegro de que pienses que es divertido –protestó Susan.

–Lo siento, es que no he podido evitarlo. Es que esta situación es tan grotesca... Quiero decir, tú, claro está, no quieres que le pase nada malo al señor Lowery, ¿verdad?

–Por supuesto que no. Y es por eso por lo que nos encontramos envueltos en esta situación tan ridícula.

–Pero también tiene su lado bueno. Vamos a sacar un buen dinero y Paul y tú vais a vivir aquí al menos durante un año –comentó Megan, tratando de consolar a su hermana.

Susan intentó sonreír a Megan.

–Bueno, la verdad es que vamos a tener bastante dinero. Quizá podamos mudarnos a un sitio mejor para vivir y también tendremos dinero suficiente para pagar tus estudios del año que viene.

–¿Por qué estás llorando entonces?

–Porque hay un problema –por primera vez admitió algo que ya sabía desde hacía varios días–. ¿Te acuerdas de mamá? ¿Recuerdas cómo se complicaba su vida en cuanto un hombre se cruzaba con ella? ¿Recuerdas cómo se olvidaba de todo lo demás en cuanto le hacían un cumplido? –Susan hizo una pausa–. Para mamá, lo más importante era acostarse con un hombre.

Megan se encogió de hombros.

–Yo entonces ya sabía que no podíamos contar con ella, que no le importábamos. Tú eras la que nos dabas cariño, la que nos cuidabas.

–¡Pues ahora no quiero ser como ella!

Megan la miró y soltó una carcajada.

–Oh, Susan, eso es ridículo. Tú nunca podrías...

–Sí que podría. Cuando Zach me toca... –cerro los ojos, tratando de borrar de su mente la tentación.

Megan se inclinó y acarició el rostro de su hermana.

–Estás enamorada de él.

–No –sabía que mentía, pero era importante que Me-´
gan no supiera lo difícil que estaba resultando todo para
ella–. No, solo me siento algo atraída.

–¿Te has acostado con él?

–No, no quiero ser como mamá.

–Susan, ¿cuántos hombres han tratado de salir contigo? Eres muy guapa. Sé que los hombres se sienten
atraídos por ti igual que los osos por la miel.

–¿Qué tiene eso que ver con lo que estamos hablando?

–¿Alguna vez aceptaste la amistad de alguno? ¿Te
apeteció alguna vez acostarte con alguno?

–¡Por supuesto que no!

–¿Por qué es diferente con Zach?

Susan sabía la respuesta a esa pregunta, pero había
una fecha límite para que el paraíso en el que estaba viviendo se esfumara. Por eso no podía sucumbir a la
fruta prohibida.

–Quizá porque es un hombre muy generoso.

–¿Te ha dado más de lo que habíais acordado?

–Un anillo de diamantes, una pulsera de oro, un coche nuevo, ropa para Paul... Pero, cuando lo nuestro se
acabe, le devolveré todo menos la ropa.

–O sea, que su generosidad tiene un límite.

–Es muy bueno con Paul –añadió Susan.

–No se casó con Paul.

–No, pero solo se casó conmigo por el bien de su
abuelo.

Megan frunció el ceño.

–A mí me parece que también él siente algo por ti.

–Es un buen actor. Finge estar enamorado de mí por
su abuelo –lo hacía tan bien, que a veces incluso ella
también se olvidaba de que él estaba solo actuando.

Megan abrazó a su hermana.

–Lo siento, no sé qué decir.

–No tienes que decir nada. Pero, eso sí, te pido que no aceptes cambiar de universidad. Te puedes quedar sin el dinero de la beca, y no podemos pagarlo de otro modo –Susan la abrazó cariñosamente antes de ponerse en pie y limpiarse las lágrimas–. Estaremos bien. Cuando esto acabe, estaremos mucho mejor y encontraremos una casa estupenda.

–Pero Rosa y Pedro se quedarán aquí. ¿Podrás encontrar a alguien que cuide de Paul?

–Por supuesto. Y si no lo encontrara, lo dejaría con la niñera de Kate. El principal problema es que echará de menos a Manuel... y a Zach.

Y Paul no sería el único.

Zach trató de verse a solas con Susan aquella noche, pero ella estuvo todo el tiempo con Megan, o con Paul, o con su abuelo, o incluso con Hester. Con cualquiera menos con él.

Esperó la media hora acordada después de que ella se subiera al dormitorio, pero cuando pasó, corrió escaleras arriba y se acercó a la cama.

–Susan, ¿estás despierta?

El cuerpo de la mujer se movió ligeramente. Si él no hubiera estado tan cerca y mirándola fijamente, no se habría dado cuenta.

–Quiero hablar contigo. Sé que no estás dormida.

Ella siguió sin moverse hasta que él se sentó en el borde de la cama. Entonces, ella se escabulló hacia el otro lado de la cama.

–¡Me has despertado!

–Los dos sabemos que no es cierto –contestó él con calma, esbozando una sonrisa que no pareció agradar a Susan.

Finalmente, ella dejó de disimular. Se sentó, apoyándose contra las almohadas y se subió la sábana hasta el cuello, dejando al descubierto únicamente los hombros, cubiertos por una camiseta blanca.

La maldita camiseta blanca, pensó Zach.

–¿Siempre te pones eso para dormir? –quiso saber, olvidándose del propósito de su visita.

–Sí, ¿por qué lo preguntas?

No podía confesar la multitud de veces que la camiseta en cuestión había aparecido en sus sueños ni cuántas veces habría querido tocarla y acariciar lo que había debajo.

–Por simple curiosidad. La mayoría de las mujeres prefieren los camisones de seda.

–Yo no soy como las demás mujeres.

–¿Crees que te estoy criticando? –preguntó con una sonrisa–. Cariño, he tenido fantasías con esa camiseta.

Los ojos de Susan se abrieron de par en par y ella se hundió en la cama.

–Oye, he mantenido mi promesa. No irás a asustarte ahora, ¿verdad?

–No, claro que no –respondió–. Solo que... ¿Por qué quieres hablar conmigo?

–Quería saber si estás contenta de que Megan se quede aquí. También decirte que he intentado convencer al abuelo para que no siga hablando de lo del cambio de universidad. Aunque, la verdad, no creo que sea una mala idea. Yo mismo estudié allí.

–A mí no me parece bien.

–¿Por qué?

–Zach, el que Megan se cambie de universidad no afectará a la salud del abuelo. He hecho todo lo que me has pedido, pero no puedo hacer esto. Deja en paz a Megan.

–De acuerdo. Tengo también que hablar contigo de Paul.

–¿Qué pasa, ha hecho algo malo? ¿Se ha hecho daño? No quiero...

–Tranquila, tranquila –murmuró Zach, levantando una mano–. Susan, Paul es de la familia y no vamos a echarlo cada vez que haga alguna travesura. El abuelo y yo lo queremos mucho. Y Hester golpearía a quien le pusiera una mano encima.

Susan retorció las manos nerviosamente y luego enterró el rostro entre ellas. Zach sospechaba que era para ocultar las lágrimas.

–Lo sé. ¿Qué quieres decirme?

–Paul y Manuel han hecho hoy algunas tareas y lo han hecho muy bien –el hombre tomó aire, sabiendo que lo que iba a decir iba a ser una bomba–. Así que les he pagado por ello.

–¿Qué? ¿Que les has pagado? ¿Por hacer tareas? ¡Eso es ridículo!

–No, no lo es. En el rancho, todo el mundo recibe un sueldo por el trabajo que hace y los chicos se esforzaron mucho.

–Pero... no puedo... ¡No! ¡Desde luego que no! –exclamó, cruzándose de brazos.

Zach dio un suspiro.

–Cariño, es una experiencia que los enseñará. Los niños tienen que aprender a utilizar el dinero. No creo que Paul vaya a ser un derrochador, pero tiene que entender y aprender la relación que hay entre el trabajo que hace uno y el dinero que obtiene por ello.

Susan hizo un gesto y volvió a taparse la cara con las manos.

–Estás cambiando toda mi vida, Zach. ¡Toda mi vida!

Y querría cambiar muchas más cosas aún.

Capítulo 11

MEGAN volvió a la universidad de Nebraska al día siguiente. La llevó uno de los hombres que trabajaba en el rancho, el de más edad, para asegurarse de que no se viera afectado por su belleza y juventud.

A pesar de las protestas de Susan, Zach prometió mandar a alguien a recoger a Megan cada vez que quisiera ir a visitarlos. Incluso prometió ir él mismo a recogerla para el Día de Acción de Gracias.

También le dio dinero. Le explicó en voz baja que quería que tuviera unos ahorros por si surgía algún contratiempo. Finalmente, le pidió que llamara si necesitaba algo.

—Pero ya me ha dado dinero el abuelo —susurró ella en respuesta—. No debería aceptar nada.

Él cerró la mano alrededor de la de ella.

—Es para quedarnos tranquilos. No querrás que el abuelo tenga una recaída al preocuparse por ti, ¿verdad? —insistió.

Zach comenzaba a sentirse culpable por utilizar la enfermedad de su abuelo de aquel modo.

—Por supuesto que no —contestó Megan alarmada.

—Bien.

Le recordaba mucho a Susan, aunque era distinta. La hermana de Megan era algo especial para él. Era la mujer que lo estaba volviendo loco. La noche anterior la había rodeado con sus brazos para consolarla, pero había mantenido su promesa. No le había hecho el amor.

Ni siquiera la había besado, porque sabía que no podría controlarse si lo hacía.

Y esa vez la maldita ducha de agua fría no lo había ayudado mucho.

Después de que Megan se fuera, Paul le tocó el brazo.

–¿Qué pasa, amigo?

–¿Tienes trabajo para nosotros hoy? No es por el dinero, es solo que a Manuel y a mí nos gusta trabajar.

–¿Hablaste con tu hermana?

Paul sonrió.

–Me dijo que podía quedarme con el dinero siempre que ahorrara una parte –se encogió de hombros–. Voy a ahorrarlo todo. Así, cuando Susan está triste y llora porque no puede pagar las facturas, yo podré ayudarla.

Zach no pudo evitar abrazar al niño y levantarlo en volandas.

–Eres un niño especial, Paul, pero te diré una cosa: yo voy a cuidar de Susan y de las facturas. Tú ahorraras el dinero para cuando tengas novia.

–¡Yo no quiero tener novia!

–Entonces, quizá podamos ir el sábado a la ciudad para gastar un poco de tu dinero. He oído que están echando una película de Disney en el cine.

–¿Ir al cine? ¿De verdad? ¡Eso sí que mola! ¿Y Manuel vendrá conmigo?

–Por supuesto. Hester quizá también quiera ir con vosotros. Y también Josefina.

–¡Josefina es una chica!

Zach esbozó una sonrisa.

Zach volvió pronto a casa aquella tarde y se dio una ducha. Mientras se vestía, estuvo pensando en sugerir a Susan que fueran a la ciudad el sábado y así, mientras los chicos estaban en el cine, ellos podrían dar un paseo para comprarle unas botas.

Después de todo, ella era la esposa de un vaquero.

Pero antes de decirle nada, decidió ir a echar un vistazo a su armario para asegurarse de que no tenía ya un par.

Los dos armarios del dormitorio eran enormes, un derroche de espacio en el caso de Susan. Zach se sorprendió al ver que estaban casi vacíos. Su ropa ocupaba justamente seis perchas. Sus zapatos eran dos pares.

Zach frunció el ceño y, de pronto, recordó que Susan había usado varias veces el traje azul de punto y se conocían solo hacía semana y media. Luego, tenía otro traje azul marino que se había puesto dos veces. Tenía ropa de buena calidad, pero no tenía mucha.

–¿Qué estás haciendo? –preguntó la voz de Susan desde detrás.

–¡Llegas muy temprano hoy!

–Menos mal. No esperaba encontrarte cotilleando en mis cosas –exclamó, roja de ira.

–No quería cotillear, cariño. Estaba pensando en que necesitarías unas botas de cuero, así que vine a ver si ya tenías.

Ella pasó a su lado y cerró el ropero de un golpe.

–No necesito botas de cuero.

–Por supuesto que sí. Eres la esposa de un vaquero –dijo, repitiendo la excusa que había utilizado para sí mismo.

–No.

–Susan, quiero enseñarte a montar a caballo y no es seguro montar sin el equipo apropiado –además, la quería ver en vaqueros. Eso era lo siguiente de la lista.

–No tengo tiempo para montar a caballo.

¿Por qué estaría Susan de tan mal humor? La noche anterior, cuando había llorado en sus brazos, la había sentido más cerca que nunca de él.

–¿Has tenido un mal día?

–No.

–Algo ha pasado –protestó–. Anoche...

–No quiero hablar de anoche. Yo... estaba mal. No volverá a ocurrir.

Se dio la vuelta, pero él no podía dejar que se marchara. La agarró del brazo e hizo que se volviera hacia él.

–Tienes que contarme lo que te pasa. Si estás mal y enfadada, todos nos sentiremos mal.

–No dejaré que se me note. Después de todo, ya he demostrado que soy una buena actriz. Casi tan buena como tú.

–De acuerdo. Pues piensa en que el sábado iremos de compras. Me demostrarás entonces lo buena actriz que eres.

–No voy a ir de compras contigo.

–Necesitas más ropa de la que tienes en el armario, Susan. Tienes lo justo para poco más de una semana. Todo el mundo tiene...

–Pero yo no soy todo el mundo. Yo soy Susan Greenwood y tienes que contentarte con ello, Zach, porque no voy a permitir que compres mi alma.

Zach no sabía qué pasaba, pero sí sabía qué podía hacer. Sin decir otra palabra, la rodeó con sus brazos y la apretó con fuerza.

Ella protestó, pero él la agarró, consolándola.

Finalmente, ella se dio cuenta de que no iba a poder escapar y su cuerpo se amoldó al de él. Y la habitación se quedó inmóvil.

Cuando la respiración de Susan volvió a ser normal, él acercó su boca al oído de ella.

–Sé que las cosas han cambiado muy rápidamente, cariño, pero ha sido todo por una buena causa. El abuelo está mejor que nunca. Le hemos dado al hombre en estos últimos días una felicidad inmensa.

Zach se detuvo, pero ella no dijo nada. Tenía el rostro pegado contra el cuello de él. Zach pudo oler el aroma que emanaba de ella, así como el perfume que siempre llevaba.

—Y también me has hecho feliz a mí. Nunca creí que pudiera existir una mujer como tú. Eres la mejor madre que he conocido nunca, cariño, y ni siquiera son tus hijos.

Ella luchó por soltarse y él, a su pesar, la dejó ir.

—Gracias, Zach, pero no me compres nada más. No puedo... es demasiado. Me siento mal, como si me estuviera olvidando de mí.

De manera que ella estaba rechazando la única cosa que le pensaba dar por sí mismo, sin motivos. Y era porque ella no lo quería. La oscuridad cubrió el corazón de Zach. Si perdía a Susan, la vida no merecería la pena para él.

Susan gimió. Zach pensó que quizá hubiera todavía alguna esperanza. Quizá ella necesitaba un tiempo para adaptarse al cambio. Tenían hasta el mes de mayo. ¿La estaría presionando demasiado?

Probablemente. La paciencia no había sido nunca una de sus virtudes. Después de tomar aire para recuperar su optimismo, Zach se acercó a ella y acarició su mejilla.

—De acuerdo, rayo de sol. No quiero forzarte con mi dinero. Pero recuerda una cosa, yo soy quien estoy en deuda contigo, no al contrario, ¿de acuerdo?

Ella esbozó una sonrisa temblorosa y asintió ligeramente. Él tuvo que esforzarse mucho para conseguir no besarla.

Tenía que tener paciencia.

Ese era el camino.

—¡Estás siendo demasiado paciente! –gritó el abuelo.

—Escucha, abuelo, sé que estás mucho mejor, pero no tienes que enfadarte.

–¡Por Dios! Ella te ignoró durante la cena.

Zach dio un suspiro.

–Abuelo, ha tenido un mal día. Dale un poco de tiempo. Su vida ha cambiado mucho últimamente.

–La vida de Paul también y él está, sin embargo, estupendamente.

–Paul es pequeño. Mientras que Susan esté con él y su vientre esté saciado, no va a quejarse.

Pete sonrió.

–Sí, es un niño estupendo, ¿verdad?

–El mejor. ¿Te dije para qué está ahorrando el dinero? –repitió la conversación que había tenido con Paul. Sabía que iba a emocionar al abuelo.

–¡Es muy bueno!

–Sí.

–¿Sabes algo de Megan desde que se fue?

–Se fue ayer –le recordó Zach.

–Creo que tenemos que comprarle un coche. Uno bueno, para que pueda venir a vernos siempre que quiera. No me gusta que esté tan lejos sin medio de transporte.

Zach esbozó una sonrisa. Estaba empezando a descubrir de dónde venía su impaciencia. Y estaba empezando a ver las sugerencias de su abuelo desde el punto de vista de Susan.

–No. No podemos interferir en el modo en que Susan quiere educar a su familia.

–¡Maldita sea, también nosotros somos su familia!

Zach hizo un gesto con la cabeza.

–Todavía no. Si Susan y yo... cuando Susan y yo nos acostumbremos a lo que está sucediendo, hablaremos de más cambios. Pero creo que tenemos que dejar que sea Susan quien los sugiera. Estamos comportándonos como apisonadoras, abuelo.

–¿Es que no está ella feliz?

Zach sintió que se le formaba un nudo en la garganta.

–Sí, pero todo ha sido demasiado intenso para ella.

Pete miró a su nieto fijamente a los ojos. Zach se puso nervioso. Su abuelo era un gran manipulador.

–¿Cuánto tiempo?

–Abuelo, no lo sé. Quizá un mes o dos.

–¿Un mes? ¡Tienes que empezar a concebir a mi nieto mucho antes!

Por primera vez en mucho tiempo, Zach se enfadó con su abuelo. Zach había sido muy rebelde en la adolescencia, pero últimamente, y por miedo a la salud del anciano, pocas veces lo había desobedecido.

Se puso en pie.

–Abuelo, tengamos o no hijos, la felicidad de Susan es muy importante para mí. No voy a obligarla a hacer nada... y será mejor que tú tampoco.

Dicho lo cual, salió del dormitorio, esperando haber puesto freno a la tiranía del anciano.

Incluso aunque él también quisiera tener hijos con ella. Porque, efectivamente, era algo con lo que soñaba todos los días.

Susan no estaba impaciente por salir del restaurante.

Había llegado a ser su refugio.

Fue hacia el comedor y se puso una taza de café. Afortunadamente, Brenda no estaba ocupada ese día y no tenía que ayudarla. Eso le hubiera recordado el día en que conoció a Zach.

–¡Susan! No sabía que estabas aquí todavía –exclamó Maggie, entrando en el comedor.

–Sí. ¿Y tú qué haces tan tarde aquí?

–Haciendo la caja del mes. Vamos progresando –le dijo con una sonrisa.

Los beneficios no eran muy grandes después de pagar el sueldo a todos, pero la cocina de Kate estaba dándose a conocer y el negocio de *catering* crecía cada semana.

–Estupendo.

Maggie entornó los ojos.

–¿Te importa que me tome un café contigo? ¿Tienes tiempo?

–Sí.

Sirvió una taza a Maggie y se sentaron en la mesa familiar. Estuvo a punto de pedir a Maggie que se sentaran en otra parte, pero sabía que no podía hacerlo. Maggie habría adivinado al momento que pasaba algo.

–¿Cómo están Ginny y James? –preguntó, tratando de no hablar de sí misma.

–Están bien. Ginny, más mandona que nunca –contestó Maggie–. Apuesto a que en su vida anterior fue sargento de instrucción.

Susan soltó una carcajada.

–Estoy segura de que se le pasará.

–Eso espero. ¿Tú cómo estás?

–¿Yo? Bien.

–¿De verdad? Me pareces un poco nerviosa.

–Bueno, estoy preocupada por el catálogo. Lo terminé y Kate dijo que tenía que verlo.

–¿Te ha llamado? Pasó por casa esta mañana. A las dos nos ha encantado. Estaba tan contenta, que lo llevó en seguida a la imprenta.

–¡Qué bien! Quise que fuera... especial. Para daros las gracias por todo lo que habéis hecho por mí.

Maggie la miró con disgusto.

–¡Eres una cabezota! Somos una familia, así que tenemos que ayudarnos los unos a los otros. Nunca habría conseguido que Josh se fijara en mí si tú no me hubieras ayudado. Sigo diciendo que, con lo inteligente que eres, podrías montar un negocio y te harías rica.

Susan esbozó una sonrisa sincera.

–No es para tanto. Tenía una materia prima magnífica con la que trabajar. Y, además, las dos sabemos que Josh ya estaba enamorado de ti.

–¿Y Zach... ya se ha enamorado de ti?

Susan se vio sorprendida por la pregunta.

–¡No! ¡No, no lo está! Es todo un juego. Ya te lo dije.

Maggie se acercó y tomó la mano de su hermana.

–Tranquila, no quería enfadarte.

–Es solo que han cambiado tantas cosas... Zach es muy bueno, pero es todo por su abuelo

Susan luchaba por recordarse eso a sí misma cuando él la abrazaba y cuando la acariciaba. Lo intentaba, pero temía estar perdiendo la batalla. Uno de esos días, cedería a la tentación y nunca volvería a ser capaz de mirarlo a la cara.

–¿Es una conversación privada o puedo sentarme? –preguntó Kate con una taza en la mano.

–Siéntate –contestó Susan, confiando en que, al llegar ella, se pondrían a hablar del negocio.

O de los hijos de sus hermanas, o del tiempo, o de cualquier otra cosa que no fuera Zach Lowery.

–¡Susan, el catálogo es genial! El hombre de la imprenta se ha quedado impresionado también. Quería saber si te interesaría encontrar más clientes.

–No creo que... Quiero decir, que estoy trabajando para nuestro negocio.

–Lo sé, pero ahora que el catálogo está hecho, ¿qué trabajo tienes que hacer aquí? Aunque eso sí, por supuesto que puedes hacerlo desde aquí –continuó Kate–. Y espero que aceptes, porque ya le he dicho al hombre que sí.

Fue Maggie quien contestó a eso con el ceño fruncido.

–¡Esa decisión tiene que tomarla Susan!

–Lo sé, lo sé, pero le dije que cobrabas muy caro. Nos pusimos de acuerdo en que no lo harías por menos de cinco mil dólares.

–¿Tanto? Pero...

–Y es una ganga hacerlo a ese precio –continuó Kate, como si nadie se fuera a atrever a decirle lo contrario.

Las dos hermanas la miraron expectantes. Susan las tomó de la mano a ambas.

—Gracias, será estupendo.

Kate dio un suspiro de alivio.

—Me alegro. No quería imponerte nada al modo de Zach.

Susan se puso rígida.

—Lo está haciendo por la salud de su abuelo.

—Pero no te ha hecho nada que a ti no te guste, ¿no? –le preguntó Maggie, mirándola fijamente a los ojos.

Susan notó que se sonrojaba. No quería pensar en los besos, los abrazos y el consuelo que él le había dado. Sabía que no debería haberle gustado, pero lo cierto era que sí que había disfrutado de ello.

—No, claro que no. Y ha sido muy bueno con Paul y Megan.

—¿Con Megan? ¿Está Megan en el rancho?

—Ahora no. Pero la dejé un mensaje con el número de teléfono del rancho para que llamara en caso de emergencia y, cuando se enteró de que me había casado, vino a verme.

—¿Le va todo bien?

—Sí, pero... tanto Zach como Pete Lowery son abrumadores. El abuelo inmediatamente quiso cambiarla a la universidad de Kansas para que estuviera más cerca del rancho.

—¿Qué le pareció a Megan?

—No le importaba. Dijo que se sentía muy sola en Nebraska.

—Susie, deja que Maggie y yo le demos el dinero para que se matricule en la universidad que quiera. Sabes que no necesito el dinero del restaurante y Maggie tampoco. Y a todos nos encantaría que el dinero de aquí te sirviera para algo.

—Kate tiene razón –añadió Maggie–. También podíamos abrir una cuenta para Paul. Así, cuando sea mayor, él tendrá también una oportunidad de estudiar.

Susan no solía llorar, pero en ese momento los ojos se le llenaron de lágrimas.

—Sois muy generosas, pero de verdad que no es necesario.

—Ya lo sabemos, pero queremos hacerlo —insistió Maggie.

Susan se retorció las manos.

—Creo... que sería estupendo.

Las hermanas se asombraron de que se hubiera rendido.

—¡Fenomenal! —exclamó finalmente Kate—. Abriremos una cuenta para cada uno. ¿Cuándo se cambiará Megan? Podemos...

—¡Esperad! Hay una condición —interrumpió Susan, levantando una mano.

—Quiero que no se lo digáis a Megan hasta después de mayo.

—¿Por qué?

—Porque una vez que dejemos el rancho, puede cambiar de idea. Le he explicado que el matrimonio no es algo duradero, pero Zach y su abuelo son tan... persuasivos, que creo que no me ha creído —Susan soltó un suspiro—. Siempre queremos creernos los cuentos de hadas.

—De acuerdo, esperaremos —asintió Maggie, ignorando la mirada penetrante de Kate—. Pero le pagaremos el alojamiento del segundo trimestre. Te daremos el dinero a ti.

—No, tengo dinero suficiente para...

—Ahora no te eches atrás —advirtió Kate—. Cómprate algo para ti o ahórralo. Esto es de parte de papá.

Susan reprimió las lágrimas. No había conocido a su padre, pero sus hijas eran maravillosas.

—Muchas gracias —dijo Susan.

—No hace falta que nos des las gracias. Y ahora será

mejor que vayamos a casa –dijo Kate, mirando su reloj–. Las cosas parece que mejoran para las O'Connor,
pero tenemos que seguir trabajando duro, como papá
solía decir.

Se levantaron y Susan corrió a la oficina para recoger su bolso. Luego, se despidió de sus hermanas y se
dirigió hacia el rancho. Ya no le importaba irse a casa.
Después de hablar con sus hermanastras, estaba de mejor humor.

Maggie y Kate se quedaron en la puerta del restaurante, viendo cómo el coche de Susan se alejaba.

–¿Está tan triste como creo que está?

–No hay duda.

–¿Saldrá todo bien? –preguntó Kate, tratando de
convencerse.

Maggie dio un suspiro.

–No lo sé, pero está empezando a confiar en nosotras, a dejar que la ayudemos. Me imagino que amar a
Zach la ha cambiado un poco.

–¡Los hombres! Siempre ganan –protestó Kate, haciendo una mueca.

–Sí. Solo espero que Zach se dé cuenta de lo afortu-
nado que es –continuó Maggie con expresión preocupada.

–Si no lo hace, enviaremos a Josh y a Will para que
le den una paliza.

Maggie soltó una carcajada.

–Seguro que terminan compadeciéndose de él. Ellos
estaban igual de tristes hasta que lo aclaramos todo.

–Es cierto. Creo que Susan solucionará todo por sí
misma. Después de todo, es de la familia, utilice o no el
apellido. Tiene un hada madrina que la cuida, igual que
a nosotras.

–Sí, papá estaría muy orgulloso de ella.

Capítulo 12

ZACH se sentía animado el miércoles por la noche. Susan, por su parte, llegó de buen humor e, incluso, le dirigió una sonrisa durante la cena.

Zach llevaba razón: la paciencia era el camino. Pero tendría que convencer también a su cuerpo de esa teoría, porque, cuando llegara el invierno, las duchas de agua fría no iban a ser muy agradables.

–Rosa y yo hemos ido al colegio a matricular a los niños –explicó a Susan.

–¿Sí? Paul, ¿fuiste tú también? ¿Salió todo bien?

–Claro, conocí a mi nueva profesora. Se lleva muy bien con Zach –contestó Paul, sirviéndose más patatas.

Susan se volvió para mirar a Zach.

–Estoy segura de ello –dijo con frialdad.

–Es una vieja amiga. Fuimos al colegio juntos –aclaró Zach.

–Muy bien –contestó Susan, volviendo a concentrarse en la comida.

–Manny y yo vamos a estar en la misma clase –añadió Paul.

–Me alegro, pero será mejor que no me digan que no atiendes en clase o no trabajas –su hermano asintió, indiferente a sus advertencias–. ¿A qué hora tendrás que salir por la mañana? Os puedo dejar a los dos cuando yo me vaya.

–Zach dice que nos puede llevar en su camioneta –contestó Paul, observando la reacción de su hermana.

–Será mejor que os lleve tu hermana, Paul. Yo tendré que hacer cosas aquí.

Susan le lanzó una mirada penetrante, pero no dijo nada.

—¿Cómo va tu trabajo, Susan? —preguntó de repente Pete.

—Muy bien.

—¿Eres una de esas mujeres para las que es imprescindible tener una profesión?

—Abuelo... —intervino Zach.

—No sé a qué te refieres, abuelo. Me gusta mi trabajo.

Pete, que ya comía con todos, en lugar de en la cama, se inclinó hacia delante.

—Me refiero a cuando tengas hijos. Me imagino que no querrás seguir trabajando, ¿no?

—¡Abuelo! —exclamó Zach—. Susan no tiene por qué preocuparse ahora de eso.

Susan volvió a dirigirle una mirada penetrante, como si sospechara algo. ¡Caramba! Él solo trataba de no agobiarla y que no la agobiaran. Desde luego, no se lo agradecía mucho.

—Lo único que hago es pensar en el futuro, muchacho —protestó Pete.

—Pues será mejor que cenes. Dentro de unos minutos, va a empezar una buena película y podíamos verla todos juntos.

Eso llamó la atención de todos y Zach dio un suspiro de alivio. Iba a tener que hablar de nuevo con su abuelo. No sobreviviría a muchas cenas como aquella si el abuelo seguía dedicándose descaradamente a hacer de Cupido.

Una vez en el salón, mientras todos se acomodaban, el abuelo hizo que Susan y Zach se sentaran en el sofá. Luego, colocó a Paul al lado de su hermana, obligando a esta a ponerse más cerca de Zach.

De acuerdo, Zach iba a ser paciente, pero no pudo evitar pasar un brazo alrededor de Susan a los pocos minutos de que empezara la película. Ella se apoyó en él. Colocó la cabeza en su hombro y su calor envolvió a Zach, que apenas vio la película.

Zach estaba trabajando en el corral, poniendo a prueba a una potra, cuando Hester fue a buscarlo.

–¡Zach!

Él dejó al animal y se volvió para mirar a la mujer.

–¿Ha pasado algo?

–No, solo un mensaje de Susan. Me pide que te diga que vayas a reunirte con ella a las cinco en punto en el hotel Plaza.

Zach frunció el ceño.

–¿Dijo para qué?

–No, me dijo que tenía que hacer varios recados y que quería que fueras.

–¿Estás segura de que era Susan? ¿Y dijo en el hotel Plaza?

–Sí. Me imagino que necesitarás tiempo para ducharte y prepararte.

Zach miró sus pantalones llenos de polvo, se acarició la mandíbula, que rascaba, y se dio cuenta de que Hester llevaba razón. Tenía que darse prisa. Dejó a la potra en el pastizal cercano y corrió hacia la casa.

Media hora después, se metió en la camioneta, limpio y afeitado. Todavía llevaba los vaqueros, pero llevaba también un traje en una bolsa apropiada por si Susan tenía planes para la noche.

–Buenas noches, señor Lowery –le dijo el hombre de recepción–. Aquí tiene la llave. Todo está preparado.

–Gracias. ¿Ha llegado la señora Lowery?

–Todavía no, señor.

Zach descubrió que tenían reservada de nuevo la suite nupcial. ¿Habría cambiado Susan de opinión?

No paró de pensar en ello mientras pulsaba repetidas

veces el botón del ascensor con gesto impaciente. Luego, dio un suspiro profundo. Se había prometido tener paciencia. Dejaría a Susan dar el primer paso.

Después, él podría satisfacer sus deseos.

Deslizó la llave en la cerradura y llevó la bolsa del traje al armario del dormitorio. Después, se quedó mirando pensativamente la gran cama.

Esa noche no dormiría en el sofá.

Dio varias vueltas a la habitación antes de fijarse en la bandeja que había sobre la mesa. Otra botella de champán esperaba en un cubo de hielo.

Susan había dado definitivamente el paso, pensó con una sonrisa. Hasta que recordó la inexperiencia de ella con la bebida. Entornando los ojos, se acercó a la mesa.

Al lado del cubo con el champán, había una nota.

La paciencia no funciona. Disfrutad.

Zach cerró los ojos, soltando un gemido. ¡El abuelo!

En ese preciso instante, la puerta se abrió y apareció Susan.

—¿Zach? ¿Qué pasa? ¿Por qué teníamos que vernos aquí? —la muchacha se acercó con la mirada fija en la botella de champán. Se detuvo y abrió los ojos de par en par—. ¿Qué es lo que pasa?

Zach escondió la nota.

—Creo que el abuelo quería que estuviéramos a solas.

Antes de que Susan pudiera responder, alguien llamó a la puerta.

Zach cruzó la habitación y abrió. En la puerta, apareció un hombre mayor con un traje oscuro y varias cajas en las manos.

—Buenas noches. Soy James Pruitt, el director del hotel. Su abuelo ha enviado algunos regalos para usted y la señora Lowery.

Zach no tenía otra opción que aceptar las cajas. Las puso sobre el sofá y James Pruitt le dio un sobre.

Cuando Zach lo agarró, el director hizo una leve incli-nación y se marchó.

En el sobre, había dos entradas para una obra de teatro. Se iba a representar en una sala que hacía funciones al aire libre durante todo el verano. También había en el sobre una nota indicándoles que la cena sería a las siete en punto.

–¡Maldita sea! –exclamó Zach.

Su abuelo estaba decidido a que aquello se convir-tiera en un matrimonio verdadero.

–No pasa nada, es que tu abuelo no lo entiende. Po-demos...

–Son entradas para al teatro Starlight y nos invita a que cenemos en el restaurante que hay en el mismo tea-tro, en la planta de abajo. Y me imagino que las cajas contienen ropa que nos ha comprado.

Para sorpresa de Zach, Susan abrió las dos cajas. Una contenía un traje para él, comprado en su tienda de ropa favorita. Zach prefería no pensar en lo que su abuelo se habría gastado por haber encargado la prenda con aquella rapidez.

En la otra caja, había un traje azul que hizo que Su-san se quedara boquiabierta.

–Es precioso.

–Será más bonito cuando te lo pongas. ¿Quieres ir al teatro?

–No quiero que el abuelo se enfade.

A Zach le apetecía pasar una velada con Susan. Lo había estado esperando desde el principio, pero no que-ría aprovecharse de ella.

–Cariño –empezó a decir después de aclararse varias veces la garganta–. Cariño, el abuelo lo sabe.

Ella lo miró sin comprender.

–¿Cómo? ¿Que sabe que no estamos casados?

–¡Estamos casados! Lo que pasa es que... no es un matrimonio real.

Susan dejó el traje dentro de la caja.

–¿Se lo dijiste?

–No, se lo imaginó.

–Es un alivio –murmuró ella, sentándose despacio en el sofá–. Eso significa que... ¿Cuándo te lo dijo?

–El lunes, el día en que Megan vino al rancho.

–¡Pero eso fue hace cuatro días! Y tú has dejado que siguiera creyendo que teníamos que fingir... que estábamos enamorados. ¿Cómo has podido atormentarme ni un solo día más? Zach Lowery, sabías...

–Sabía que estabas a salvo y viviendo en mi casa. ¿Debería habértelo dicho para preocuparte?

Ella se apartó de él y buscó su bolso.

–Nos iremos en seguida.

–¡No lo haréis! ¿Cómo te atreves ni siquiera a pensar tal cosa? Que el abuelo lo sepa no quiere decir que no vayas a herirle si te vas. ¿Y qué me dices de Paul? ¿Vas a separarlo de su mejor amigo, del abuelo y de mí?

Susan se sentía dolida. No quería dejar el rancho ni a Zach. No quería quedarse sola de nuevo. El amor que sentía por Zach, como había temido, la había convertido en una persona débil.

Pero tampoco podía ya quedarse.

–Tenemos que irnos. Solo acepté quedarme hasta que el abuelo se recuperara y, evidentemente, ya está bastante bien.

Trató de ir hacia la puerta, pero Zach se lo impidió.

–Tú aceptaste quedarte todo el año escolar, hasta mayo. Lo prometiste. Nos lo prometiste a Paul y a mí.

Ella cerró los ojos. Si no lo hacía, él vería lo mucho que odiaba la decisión tomada. Se daría cuenta de lo mucho que deseaba quedarse.

–Tengo que irme, Zach.

–No dejaré que te vayas. Nunca dejaré que te marches –entonces, la abrazó y buscó sus labios.

¿Cómo era posible que deseara tanto a Zach? ¿Cómo podía estremecerse con sus caricias cuando sabía que tenía que irse? Su madre siempre se había rendido a las caricias, y ella no iba a hacer lo mismo.

Pero las manos de Zach acariciaban su cuerpo mientras su boca la dominaba por completo. Ella misma acarició su pecho y se aferró al cuello de él. Zach separó unos segundos su boca de la de ella, para luego volver a besarla, exigiendo una respuesta de ella.

Y claro que respondió.

Rodeada por sus brazos, se apretó más y más a él, deseando sentirlo dentro de ella, deseando llegar a ser una sola persona con ese hombre cuya presencia torturaba sus sentidos cada día.

Las manos de él subieron hasta las caderas de ella, acariciándolas. Luego, le desabrochó la chaqueta y la blusa. Para ella fue más fácil abrir los automáticos de la camisa vaquera de él. De un solo gesto, la abrió y su pecho ancho y musculoso quedó al desnudo. Las manos de ella lo recorrieron con caricias apasionadas.

De repente, Susan se dio cuenta de que se estaban moviendo poco a poco hacia el dormitorio. Y sabía las intenciones de Zach. También sabía que podía detenerlo en cualquier momento, que la decisión era suya.

Pero, por primera vez en su vida, deseaba a un hombre, a ese hombre, con todo su corazón. Lo deseaba para siempre, aunque él nunca la amara.

No podía resistirse a la tentación de entregarle su amor sin barreras. Así que no se opuso a lo que iba a pasar. Era más, lo ayudó a sacarse la camisa y a tirarla al suelo. Después, hizo lo mismo con su chaqueta y su blusa.

La atracción que había entre ellos, el poderoso deseo que invadió a Susan, la hizo sucumbir por completo a Zach. La resistencia que había pensado mantener había desaparecido.

Cuando llegaron a la cama, Zach se detuvo. Susan

estuvo a punto de gritar cuando él la agarró por los brazos y separó sus labios de los de ella.

–Cariño, no estoy presionándote, ¿verdad? ¿Deseas esto tanto como lo deseo yo?

–Sí –susurró ella.

Una sola palabra bastó a Zach para borrar todos sus escrúpulos, y eso que Susan no le había puesto ninguna pega. Ella se había estado reservando para ese momento. Para hacer el amor con el único hombre en el mundo al que amaba.

Aunque él no la amara a ella, por lo menos la hacía sentirse como si fuera recíproco...

Zach era un buen amante. Sabía provocarla, excitarla y acariciarla. A ella la encantaba el contacto de sus manos sobre su piel y trataba de hacer lo mismo. No era difícil, Zach era tan fuerte, tan cariñoso...

Cuando finalmente estuvo preparado para entrar en ella, Susan estaba tan excitada, tan deseosa, que le suplicó que lo hiciera.

Y él lo hizo al tiempo que gritaba su nombre.

El dolor fue mínimo y el placer inmenso.

–Sí, por favor, Zach.

Los labios de él cubrieron los de ella mientras se unían como hacen los amantes. Pero Susan no creía que nadie hubiera sentido una felicidad tan intensa.

Había sido para ella la primera vez.

Él había deseado hacer el amor con ella la última vez que habían estado juntos en aquella suite, pero no se había atrevido.

En esos momentos, después de hacer el amor con ella, lo único que Zach sabía era que la amaba aún más que antes.

Su esposa era una mujer cariñosa, amable, desinteresada e increíblemente sexy. La abrazó y besó sus ojos.

–Deberías habérmelo dicho –susurró.

–¿El qué? –preguntó ella.

–Para haber tenido más cuidado, Susan. ¿Estás bien?

–Sí, ¿he hecho algo mal?

–¡No! Si hubiera sido mejor, no habría sobrevivido.

Ella se relajó contra él, que notó que se le cerraban los párpados.

–Duérmete, cariño. Hablaremos después.

La abrazó hasta que se quedó dormida. Luego, observó su precioso rostro y no pudo evitar seguir acariciándola para asegurarse de que era suya.

Varias horas después, Susan se despertó y vio que estaba sola. Su corazón dio un vuelco al recordar lo sucedido. Ella y Zach habían hecho el amor. Al menos, para ella había sido amor. Para Zach, probablemente, no habría sido nada más que un acto placentero y divertido.

–¡Dios mío! –exclamó al darse cuenta de que no había tomado precauciones para impedir un embarazo.

Había hecho lo mismo que su madre.

–No –susurró.

Ella no iba a ser como su madre, porque amaba a Zach y eso la diferenciaba. Lo amaba como no había amado a nadie en su vida. Y si de aquel acto amoroso nacía un hijo, ella lo cuidaría.

Nunca lo abandonaría ni lo cuidaría mal, como había hecho su madre con sus hijos.

Susan se abrazó a la almohada, aliviada al descubrir que seguramente tenía mucho de su padre, el cual había cuidado de sus dos hijas.

Por otro lado, tenía que hacer frente a la situación y marcharse del rancho, aunque ello disgustara al abuelo, a Paul e incluso a Zach. Porque no podría volver al rancho y sentirse ignorada por él. No podría soportar no volver a hacer el amor con él.

Y tampoco podría continuar una relación íntima con él si Zach no la amaba.

Así que, ya que Zach pensaba que ella se marcharía en mayo, le daría igual que lo hiciera antes.

Apartó las sábanas para vestirse cuando la puerta se abrió. Rápidamente, se cubrió de nuevo.

–¿Estás despierta? –preguntó Zach con una sonrisa de satisfacción–. ¿Quieres cenar algo?

Iba cubierto con una bata de color tostado y estaba, si cabe, más atractivo que nunca. Susan notó que la boca se le hacía agua. No podía creerse que lo deseara de nuevo tan pronto.

–No, gracias.

–Cariño, son más de las siete. Siento no haberte esperado para cenar, pero me moría de hambre. ¿Seguro que no quieres comer nada?

Ella cerró los ojos.

–No, gracias. Será mejor que me vista y...

–¿Quieres que vayamos al teatro? –preguntó con un tono de voz algo subido como si pensara que ella se había vuelto loca.

Pero el loco era él. ¿Qué le pasaba? Se estaba comportando como si lo que había pasado fuera normal, lo de todos los días, lo esperado.

–No, creo que es mejor que vaya al rancho y comience a hacer las maletas.

Los ojos del hombre se abrieron de par en par. Luego, cerró la puerta del dormitorio y fue hacia la cama.

–¿De qué hablas?

–No puedo quedarme allí más tiempo, Zach –explicó, luchando por reprimir las lágrimas.

–¿Por qué no?

–¿Crees que puedo seguir fingiendo que estamos verdaderamente casados? ¿Fingiendo que nuestra situación es duradera? Firmé un contrato en el que dice que me iré en mayo. No puedo...

Zach la tomó entre sus brazos y la besó larga y apasionadamente. El beso les recordó el acto amoroso que habían compartido poco tiempo antes. Susan no sabía si seguía respirando cuando él separó sus labios de los de ella.

–Tú no te vas a ir a ningún sitio, Susan Lowery. Ni ahora, ni en mayo, ni nunca. Quemaré ese trozo de papel, pero no voy a dejar que te vayas –la miró casi enfadado.

–¿Por qué?

La pregunta de ella sorprendió a Zach, pero tenía que saber la respuesta antes de que su corazón se llenara de esperanza.

–Porque te amo –susurró–. Nunca pensé que volvería a amar a ninguna mujer, pero un día entraste en mi vida con tu dulzura, tu sensatez y tu decisión de mantener tu independencia –la besó de nuevo–. Y ahora, no puedo dejar que te vayas, amor mío. Te encontré por casualidad y eres mi amuleto de la suerte. Contigo, he encontrado la felicidad.

–¡Oh, Zach, yo también te amo! Pero pensé que tenías intención de separarte de mí. Creía que todo lo estabas haciendo por el abuelo.

Zach se acurrucó contra ella.

–Era por el abuelo al principio, pero ya no es así, amor mío.

Los brazos de ella rodearon su cuello.

–Zach, no sabes lo duro que ha sido todo esto para mí.

–Puedes contármelo.

–Me imagino que tendremos que decirles a todos que ahora estamos casados de verdad –susurró Susan.

–Humm, después –sugirió Zach.

Ella no se opuso.

Epílogo

SUSAN estaba recostada sobre la almohada, escuchando a Zach hablar con el botones desde el salón. Estaba hambrienta, así que confiaba en que no tardaran mucho.

De pronto, la puerta se abrió.

–La cena está servida, señora –declaró Zach con una sonrisa–. ¿Sabes? Creo que los empleados del hotel disfrutan con nuestro aniversario de boda tanto como nosotros.

–Lo dudo –contestó ella con voz soñolienta.

Ese era el segundo aniversario de boda y, como el año anterior, habían vuelto al hotel Plaza para celebrarlo.

Zach colocó la mesa cerca de la cama, sirvió un plato a Susan y se lo dio después de que ella se sentara.

–¿Estás cómoda?

–Lo estaría más si volvieras a la cama.

Zach obedeció, llevándose un plato consigo. Lo dejó sobre la mesa y acarició el abultado vientre de su mujer.

–¿Cómo va el pequeño?

–Creo que está bailando. Tiene mi misma sangre irlandesa.

–Espero que no tenga tu carácter irlandés –bromeó Zach.

Ella esbozó una sonrisa. Zach iba a necesitar él mismo algo del carácter irlandés para cuidar de sí mismo y de su familia, cada vez mayor. Kate había tenido una hija en abril mientras que Susan y Maggie iban a dar a luz las dos en noviembre. Josh decía que estaban echando una carrera, pero a Susan no le importaba quién fuese la primera.

–Creo que el pequeño está aprendiendo a tirar el lazo.

Susan gimió y cambió de posición para ponerse más cerca de su marido.

–Si se parece algo a Paul, seguro que es cierto, porque mi hermano duerme siempre con la cuerda que le diste al lado.

–Está aprendiendo mucho. El abuelo dice que es mejor que yo a su edad. Ya está planeando que se haga vaquero de rodeos.

–Ya hablaremos de ello más adelante –dijo Susan–, aunque, eso sí, te advierto que le quitaré la cuerda si vuelve a asustar con ella a Josie.

Zach se inclinó y la besó.

–No te preocupes, he tenido una conversación con él y con Manuel para explicarles cómo tienen que tratar los vaqueros a las mujeres.

–Y lo van a aprender de un experto –replicó ella con dulzura, acurrucándose contra él.

–Muchas gracias, esposa. Pero creo que este vaquero necesita practicar más. No quiero olvidar cómo darte placer –dejó el plato a un lado y la tomó en sus brazos.

Y al igual que había sucedido las dos últimas veces que habían estado allí, se olvidaron de la cena.

Estaba empezando a ser otra tradición.

* * * * * *

La tenaz, la inteligente, la bella… Tres hermanas abocadas a matrimonios de conveniencia, pero que, sin embargo, encontrarán el amor verdadero…

Acepte 2 de nuestras mejores novelas de amor GRATIS

¡Y reciba un regalo sorpresa!

Oferta especial de tiempo limitado

Rellene el cupón y envíelo a
Harlequin Reader Service®
3010 Walden Ave.
P.O. Box 1867
Buffalo, N.Y. 14240-1867

¡Sí! Por favor, envíenme 2 novelas de amor de Harlequin (1 Bianca® y 1 Deseo®) gratis, más el regalo sorpresa. Luego remítanme 4 novelas nuevas todos los meses, las cuales recibiré mucho antes de que aparezcan en librerías, y factúrenme al bajo precio de $2,99 cada una, más $0,25 por envío e impuesto de ventas, si corresponde*. Este es el precio total, y es un ahorro de más del 10% sobre el precio de portada. !Una oferta excelente! Entiendo que el hecho de aceptar estos libros y el regalo no me obliga en forma alguna a la compra de libros adicionales. Y también que puedo devolver cualquier envío y cancelar en cualquier momento. Aún si decido no comprar ningún otro libro de Harlequin, los 2 libros gratis y el regalo sorpresa son míos para siempre.

416 BPA CESL

Nombre y apellido	(Por favor, letra de molde)

Dirección	Apartamento No.

Ciudad	Estado	Zona postal

Esta oferta se limita a un pedido por hogar y no está disponible para los subscriptores actuales de Deseo® y Bianca®.
*Los términos y precios quedan sujetos a cambios sin aviso previo.
Impuestos de ventas aplican en N.Y.

SPB-198   ©1997 Harlequin Enterprises Limited

Lilly Baldwin sabía muy bien lo irresistible que era Nick Andrews y, después de una noche de pasión, esperaba un regalo muy especial. Pero si aceptaba su propuesta de matrimonio de conveniencia arriesgaría su ya destrozado corazón...

Nick no estaba dispuesto a conformarse con nada menos que el matrimonio. Tratándose de la madre de su hijo, su honor se lo exigía. Pero, aunque su boda fuera sólo de cara a la galería, ni él ni Lilly podían negar la pasión que había entre ellos...

PIDELO EN TU QUIOSCO

Cuando una preciosa morena entró en el despacho de Dominic Hunter con un bebé asegurando que él era el padre, Dominic supo que nunca habría podido olvidarla si hubiera hecho el amor con ella.

Pero Tina estaba convencida de que Dominic era el padre de Bonnie, aunque insistiera en negar su paternidad, y estaba decidida a que aquel seductor sin corazón se responsabilizara de su hija...

El amante equivocado

Miranda Lee

PIDELO EN TU QUIOSCO

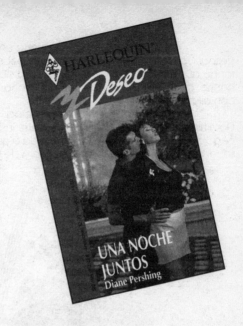

Cuando se encontraba con una mujer desnuda en la cama, el reportero de guerra Sam Kovacs sabía normalmente qué debía hacer. Pero esa vez era diferente. Al fin y al cabo, Rachel Murray y él acababan de conocerse y tendrían que trabajar juntos durante el siguiente año. Quizás el trabajo resultara más excitante de lo que había supuesto...